DISNEY

PIRATAS del CARIBE

EL COFRE DEL HOMBRE MUERTO

LA NOVELIZACIÓN

EDICIONES Gaviota

Título original: *Dead Man´s Chest*
Traducción: Liwayway Alonso Mendoza

Basada en el guión escrito por Ted Elliott y Terry Rossio
Basada en los personajes creados por Ted Elliott, Terry Rossio,
Stuart Beattie y Jay Wolpert
Basada en la película de Walt Disney *Piratas del Caribe*
Producida por Jerry Bruckheimer
Dirigida por Gore Verbinski

2006 EDICIONES GAVIOTA, S. L.
Manuel Tovar, 8
28034 MADRID (España)

ISBN: 84-392-0783-2
Depósito legal: LE. 1069-2006
Printed in Spain - Impreso en España
Editorial Evergráficas, S. L.
Carretera León - La Coruña, km 5
LEÓN (España)

Capítulo 1

La luna brillaba en lo alto del cielo iluminando un océano oscuro. Los sonidos callados del mar inundaban la noche creando una sinfonía fantasmagórica, el soplar del viento, el romper de las olas, un crujido de sogas… Sobre los muros de una prisión de piedra, que contemplaba aquella escena desde lo alto, se posó una bandada de cuervos. La noche, alumbrada por la luna, resultaba aún más espectral con los gruñidos, los gemidos y el ruido de cadenas de los prisioneros allí cautivos.

Una pareja de guardias arrastró a un prisionero hacia el interior de la cárcel, a través de la entrada de piedra de la torre. Resultaba evidente que aquel pasaje era el camino hacia el interior de la prisión.

El camino hacia el exterior era bien distinto, como estaba a punto de averiguar un puñado de prisioneros desafortunados.

Algunos guardias más avanzaron hacia un muro de la prisión que daba al mar, cargando seis ataúdes de madera. Con un breve gesto de reprobación, fueron lanzando de uno en uno los ataúdes desde el muro, de un empujón, dejando que se precipitaran para ser engullidos por el ávido mar. Los ataúdes subieron hasta la superficie y la marea comenzó a arrastrarlos como si de una flota de embarcaciones encantadas se tratara. Dos de las cajas de pino navegaban más hundidas que las demás y lentamente comenzaron a sumergirse en aquel mar negro.

Uno de los cuervos bajó volando desde el muro de la prisión y se posó sobre un ataúd. *Toc-toc, toc-toc.* Comenzó a picotear la madera. *Toc-toc-TOC.* El *toc-TOC-toc-TOC* repetitivo era uno más entre los sonidos que invadían aquella noche sombría. *Toc-TOC-toc.* Resultaba además muy irritante.

La persona que había dentro del ataúd escogido por el pájaro opinaba igual. *Toc-toc-toc-TOC.* De pronto, desde el interior del ataúd, se disparó un tiro que convirtió al pájaro en una nube de plumas. Por el agujero recién formado asomó un brazo buscando el pestillo que mantenía cerrado el ataúd y abrió la tapa. El capitán Jack Sparrow, el pirata más astuto que jamás haya surcado los mares, salió rápidamente y miró a su alrededor. Llevaba su indumentaria habitual: ropa muy gastada, botas hasta las rodillas y el característico pañuelo rojo. Su diente de oro brilló en la oscuridad.

Jack no parecía preocupado por su situación... al principio. Luego, abrió mucho los ojos y comenzó a registrar desesperadamente el ataúd. Tras un momento de angustia, por fin encontró lo que creía haber perdido: ¡su sombrero! Poniéndoselo firmemente en la cabeza, en un ángulo elegante, Jack volvió a sentirse relajado.

Agachó la cabeza, se santiguó y de nuevo metió la mano en el ataúd.

—Lo siento, amigo —dijo, y empezó a tirar y tirar hasta que..., *¡CLAC!...*, arrancó el hueso de la pierna de su compañero de ataúd—. La necesidad apremia —comentó con una sonrisa.

Empleó el hueso como remo para impulsarse hacia el casco de su barco, *La Perla Negra*, iluminado por la luz de la luna. La nave le esperaba pacientemente sobre las aguas tranquilas, envuelta en la oscuridad de la noche.

Gibbs, marino experimentado y buen pirata, esperaba el regreso de Jack en la cubierta de *La Perla*.

—¿La cosa no fue como planeamos? —preguntó, al ver aparecer a Jack sentado en un ataúd, remando con el hueso de una pierna en las manos.

Gibbs ayudó a su capitán a subir a bordo.

—Surgieron complicaciones —dijo Jack, lanzando el hueso por la borda—. Pero he descubierto que, pidiéndolo con amabilidad, siempre hay alguien dispuesto a renunciar a una pierna.

Gibbs miró por el lateral de la embarcación el esqueleto cojo.

—No, que yo sepa —contestó sacudiendo la cabeza—. Lo mejor es esperar lo peor de la gente y así uno no se equivoca.

Jack lanzó un suspiro:

—Seguro que se ahorra tiempo —dijo, alejándose de Gibbs.

Mientras avanzaba por la nave, Jack se sacó de la manga un rollo de tela. Comenzó a estudiarlo con gran atención.

—¿Es eso lo que saliste a buscar? —preguntó un pirata desdentado llamado Leech, lleno de inquietud.

Todos los miembros de la tripulación estaban hambrientos de noticias acerca del tesoro que Jack había encontrado.

—Sí, pero aún no he tenido tiempo de valorar su precio —respondió Jack, con una sonrisa astuta.

Por el momento no parecía dispuesto a hablar.

De pronto, un pequeño mono apareció columpiándose entre los aparejos del barco, aterrizó delante de Jack y comenzó a chillar como el mismo diablo. Jack también chilló cuando el mono le arrancó el rollo de tela y lo subió al velamen del barco.

Cada vez que el mono cruzaba un rayo de luz de luna, se convertía en un esqueleto de los pies a la cabeza, por una maldición que pesaba sobre él. El mono era un muerto viviente. El anterior dueño de aquella horrible bestezuela era el maldito capitán Barbosa, que se había amotinado contra Jack. Para colmo, Barbosa había puesto al mono su nombre.

Jack odiaba al animal. Desenfundó su pistola y apuntó contra el mono maldito. Disparó, pero la pistola sólo emitió un *clic.* Había gastado el disparo en aquel condenado cuervo picoteador. Jack agarró una pistola del cinturón de otro pirata y volvió a disparar.

Esta vez dio en el blanco. El mono salió despedido hacia atrás y soltó la tela. Pero después volvió a incorporarse con una sonrisa.

Gibbs miró a Jack:

—Ya sabes que no sirve de nada —dijo, señalando la pistola.

Jack se encogió de hombros:

—Para practicar la puntería —respondió, mientras uno de los piratas de la cubierta corría a recoger el trozo de tela que caía. El mono continuó chillando.

—¿Por qué tuvo que ser el simio destripado lo único que sobreviviera a Isla de Muerta? —refunfuñó Jack.

Entonces observó que el pirata que había recogido la tela la estaba examinando.

—Es una llave —dijo el pirata, con la cabeza ladeada y un ojo guiñado.

—Es algo aún mejor —añadió Jack, con un dedo levantado—. Es el *dibujo* de una llave.

La tripulación miró a Gibbs, intrigada, buscando una explicación.

—Capitán —dijo Gibbs, carraspeando—, creo que esperábamos algo más… gratificante. Después de que fracasara lo de Isla de Muerta, con lo de hundirse en el mar y todo eso…

—Un desgraciado giro de los acontecimientos —asintió Jack, recordando la isla en que la tripulación había vivido su aventura más reciente, donde Jack por fin había derrotado a Barbosa y había recuperado *La Perla Negra.*

—Y después de pasar meses luchando por quitarnos de encima a la marina británica —le recordó Gibbs.

—Inevitable resultado de *le vie de boucanier* —respondió Jack, agitando una mano.

—Hemos perdido miembros de la tripulación en cada puerto, y los que quedamos, tenemos la sensación de que no pirateamos en serio desde hace tiempo —continuó Gibbs.

Jack se volvió hacia su tripulación.

—¿Eso os parece? —preguntó—. ¿Que como capitán no velo por vuestros intereses?

La tripulación se agitó inquieta y luego, de

pronto, un loro graznó la única y sonora respuesta:

—¡ABANDONEN EL BARCO!

Era el loro del pirata mudo Cotton, que hablaba por él.

Jack desenfundó su pistola otra vez:

—¿Qué ha dicho el pájaro?

—El loro de Cotton no nos representa a todos —dijo Leech a Jack en seguida—. Nosotros creemos que haces bien tu trabajo.

—¡ABANDONEN EL BARCO! —gritó el loro, aún más fuerte.

Jack estaba a punto de disparar contra el viejo pájaro, pero en lugar de eso bajó la pistola. Cotton se sintió aliviado.

—Por lo menos hay un… hombre… sincero entre vosotros —dijo Jack, mirando al loro de Cotton.

Jack sacudió la cabeza y se centró en lo que tenía entre manos. Había preguntas que responder.

—Señores, ¿qué hacen las llaves? —preguntó Jack.

La ansiosa tripulación de canallas intercambió algunas miradas.

—¿Abren cosas? —preguntó Leech, de pronto inquieto.

Jack hizo un gesto que quería decir: «Sí, y...»

—Y dentro de lo que sea que abra ésta, hay algo valioso —añadió Gibbs, imaginando cofres de oro—. ¡Así que salimos a buscar lo que sea que abra ésta!

Jack sacudió la cabeza.

—No. Si no tenemos la llave, no podemos abrir lo que sea que abra, de modo que... ¿para qué íbamos a buscar lo que hay que abrir sin encontrar primero la llave que lo abre? Desde luego, hay que ser bobo...

La ruidosa tripulación estaba muy desconcertada. Intentaba seguirle lo mejor que podía.

—Entonces, ¿vamos a buscar esa llave? —preguntó Gibbs.

Jack contempló los rostros desconcertados de los miembros de la tripulación y lanzó un suspiro.

—¿De qué nos sirve una llave si no tenemos nada que abrir con ella? Por favor... —suplicó Jack—. ¡Prestad atención!

—Bueno, ¿tenemos rumbo? —preguntó otro pirata.

—¡Claro! ¡El rumbo! —exclamó Jack.

Se dio media vuelta, sacó su brújula y la abrió. Era la misma brújula que le había guiado a Isla de

Muerta y a las cuevas del tesoro escondido. Pero ahora la lectura de la brújula parecía incomodar a Jack.

Cerró la brújula de golpe e hizo un gesto vago con el brazo.

—Largad las velas, en una dirección general…, por ahí más o menos —dijo por fin, agitando la mano hacia el mar, sin querer prestar demasiada atención.

—¿Capitán? —preguntó Gibbs, desconcertado.

Aquel comportamiento no era propio del capitán Jack Sparrow.

—Ya trazaré una ruta más tarde. ¡Ahora en marcha y a navegar! —ordenó, dirigiéndose hacia su camarote. La tripulación se quedó de pie, mirándole en silencio—. ¡Ya sabéis cómo funciona! —gritó Jack, impaciente, y cerró la puerta del camarote de un portazo.

La tripulación, descontenta, comenzó a prepararse para zarpar.

—¿Habéis notado que últimamente el capitán se comporta de modo un poco… extraño? —susurró un pirata a Gibbs.

—Sí —respondió Gibbs—. Algo le impulsa a marcar un rumbo sin saber adónde se dirige. Y yo creí que no existía hombre ni animal capaz de obligarle a eso.

Capítulo 2

Mientras la tripulación de Jack se enfrentaba a un comportamiento todavía más extraño de lo habitual en su capitán, una pareja que debía estar celebrando el día más feliz de su vida intentaba evitar el desastre: una boda echada a perder.

A la entrada de una pequeña capilla junto al mar, en la ciudad caribeña de Port Royal, las palmeras se balanceaban azotadas por el viento mientras la lluvia empapaba todos los preparativos de la ceremonia nupcial que tendría lugar aquel mismo día. La novia, Elizabeth Swann, estaba de rodillas, con el vestido de boda empapado, y las lágrimas mezcladas con las gotas de lluvia. A su alrededor un altar vacío, sillas volcadas… y ni rastro del novio. Lentamente, la joven se levantó y entró en la capilla a esperar, con la cabeza apoyada entre las manos.

Un sonido de cadenas que se acercaban hizo que Elizabeth levantara la vista. Entre lágrimas vio a un hombre de uniforme que entraba en la capilla. Iba seguido por un pelotón de marinería que arrastraba a un prisionero. Descubrió con sorpresa que el prisionero era su novio, Will Turner.

—¡Will! —gritó Elizabeth—. ¿Qué está pasando?

Will avanzó hacia ella con dificultad.

—No lo sé —dijo él con voz triste, mirando el vestido de raso blanco de Elizabeth, que estaba destrozado.

Will había caído prisionero poco antes, cuando los soldados habían echado abajo la puerta de su taller de herrero y le habían puesto los grilletes. Al parecer, después de todo, no se casaría hoy. Pero Will ya estaba acostumbrado a esperar a su futura esposa, Elizabeth. La quería desde que Elizabeth y su padre, el gobernador de Port Royal, encontraron a Will a la deriva en medio del mar, cuando tenía diez años. Durante mucho tiempo había aguardado pacientemente, con la esperanza de que ella por fin le correspondiera. Y así sucedió. Pero, al parecer, una vez más tendrían que permanecer separados.

Incluso ahora, allí de pie, encadenado, no pudo evitar ponerse sentimental.

—Estás preciosa —dijo Will en voz baja.

Elizabeth sonrió:

—Ya sabes que trae mala suerte que el novio vea a la novia antes de la boda.

—Eso explica que se presenten invitados por sorpresa —dijo él, señalando con la cabeza al pelotón de soldados de la marina, vestidos con casacas rojas, que los rodeaban.

Aquel momento de ternura se vio interrumpido por una voz autoritaria. Era el padre de Elizabeth.

—¡Usted! Ordene a sus hombres que se retiren y le quiten esos grilletes inmediatamente —ordenó el gobernador.

El hombre que estaba al mando del arresto ni se inmutó.

—Gobernador Wetherby Swann —respondió—, le pido disculpas por aparecer sin invitación.

El gobernador Swann estudió el rostro de aquel hombre durante un instante.

—¿Cuttler Beckett? —preguntó por fin.

—En realidad ahora soy *Lord* —respondió Beckett.

—Lord o no, usted no tiene motivos ni autoridad para arrestar a este hombre.

—En realidad sí los tengo. ¿Señor Mercer? —dijo a un caballero de aspecto mediocre que se mantenía apartado. Mercer abrió un portafolios grande y entregó a Beckett varios documentos.

Beckett leyó con voz ceremoniosa sus poderes, recién conferidos por la Real Comisión para el Comercio y la Protección de las Antillas, y después sacó una orden de arresto contra un tal Will Turner.

El gobernador Swann miró la orden. Pero no era contra Will:

—¡Esto es para Elizabeth Swann! —exclamó.

—¿Ah, sí? —preguntó Beckett—. Qué extraño…, he cometido un error. Arréstenla —ordenó de pronto.

Los soldados agarraron a la joven.

—¿De qué se me acusa? —quiso saber Elizabeth.

Beckett la ignoró y siguió rebuscando entre sus papeles.

—A-já —dijo, mostrando otro documento—.

Aquí está la orden contra Will Turner. Y tengo otra contra un tal James Norrington. ¿Alguien tiene idea de dónde puedo encontrarlo?

—El comodoro Norrington renunció a su cargo hace varios meses —respondió rápidamente el gobernador Swann—, y no le hemos visto desde entonces.

Elizabeth rechinó los dientes. Había estado prometida a Norrington, aunque jamás le había amado. De pronto, se encontró pensando en todo lo que ella y Will y Jack Sparrow habían pasado juntos.

Elizabeth había sido secuestrada por Barbosa y sus hombres. Para rescatarla del pirata maldito, Will había sacado a Jack Sparrow de la cárcel, pero había sido capturado. Elizabeth, desesperada, había consentido en casarse con Norrington a cambio de su ayuda para salvar a Will. Al finalizar la aventura, Norrington aceptó, a regañadientes, dar a Jack Sparrow un día de ventaja antes de comenzar a perseguirle. Era lo justo, porque el pirata había salvado a Elizabeth. Y aunque era lo justo, Norrington jamás se había perdonado por dejar escapar a Sparrow. Había perdido su puesto y desaparecido de Port Royal, destituido de sus cargos.

—Somos súbditos británicos bajo la jurisdicción del gobernador de Port Royal designado por el rey, y queremos saber de qué se nos acusa —dijo Elizabeth valientemente, regresando al presente.

Beckett miró a sus prisioneros. Cuando por fin habló, parecía absolutamente satisfecho de hacer aquel anuncio:

—Se les acusa de conspirar para conseguir la liberación ilícita de un prisionero condenado a muerte. Cosa que, desafortunadamente, también se castiga con la muerte. ¿Recuerdan a un pirata llamado, si no me equivoco, Jack Sparrow?

Will y Elizabeth se miraron.

—*Capitán* Jack Sparrow —respondieron al unísono.

—Sí. Imaginaba que lo recordarían —respondió Beckett, satisfecho. Con una señal indicó a sus hombres que se llevaran a los prisioneros.

Capitulo 3

Mientras Will y Elizabeth intentaban aclarar el lío en el que estaban metidos, el capitán Jack Sparrow tenía que enfrentarse a sus propios problemas. Solo en su camarote, a bordo de *La Perla Negra*, Jack sujetaba la brújula con fuerza en la mano. La miró de refilón una vez, la cerró de golpe, la agitó y volvió a mirar. Como seguía sin gustarle lo que veía, cogió una botella de ron. Cuando el harapiento puño de su camisa se deslizó hacia atrás, una letra *P* marcada a fuego quedó al descubierto en su muñeca.

Jack levantó la botella y suspiró. Estaba vacía.

—¿Por qué siempre desaparece el ron? —se preguntó.

Se lanzó hacia la puerta del camarote y salió a la cubierta principal en busca de otra botella.

—¿Rumbo, capitán? —preguntó Leech, cuando Jack pasó tambaleándose junto al timón.

—Derecho como va —ordenó Jack, dando un traspiés hacia la bodega del barco.

Bajo la cubierta, los piratas roncaban con fuerza dormidos en sus hamacas. Una jaula de gallinas cloqueó cuando entró Jack. El capitán levantó su pistola y de pronto las gallinas se quedaron calladas.

—Ya me extrañaba —dijo Jack.

Después continuó su camino.

Jack se dirigió al armario del ron. Levantó una ceja al revisar los estantes. Todos estaban casi vacíos.

Por suerte, Jack descubrió una botella en un estante bajo y tiró de ella para sacarla. La botella estaba llena de percebes incrustados. Algo fallaba. Jack la descorchó, miró el interior y la volcó. Sobre la cubierta se derramó un montón de arena.

—Se acabó el tiempo, Jack —de pronto, se escuchó una voz entre las sombras. Jack se volvió. El rostro que vio estaba cubierto de estrellas de mar y percebes. Por los brazos del hombre subían cangrejos mientras se acercaba a Jack.

—¿El Botas? —preguntó Jack, que apenas reconocía la voz—. ¿Bill Turner?

—Sí, Jack Sparrow. Tienes buen aspecto.

Jack contempló a aquel siniestro marinero. Ojalá hubiera podido decir lo mismo de él. De hecho lo intentó varias veces, pero no lo logró.

—¿Estoy soñando? —preguntó Jack en lugar de eso.

—No —respondió sin rodeos Bill Turner, el padre de Will.

Jack se encogió de hombros.

—Eso me parecía a mí. Si fuera un sueño, habría ron.

El Botas sonrió y ofreció a Jack una botella. Jack arrancó la botella de la mano de Bill, la descorchó y la olisqueó para asegurarse. Era ron, desde luego. Jack limpió el cuello de la botella con la manga y tomó un largo trago.

Bill el Botas le miraba.

—Veo que has recuperado *La Perla*.

Pero Jack no podía concentrarse en las palabras de su antiguo camarada de a bordo. Estaba mirando las resbaladizas, deslizantes criaturas marinas que vivían en la piel del hombre.

El capitán volvió en sí.

—Tuve ayuda para recuperar *La Perla*. Tu hijo —dijo Jack.

El Botas parecía sorprendido.

—¿Will? ¿Entonces, después de todo, acabó de pirata?

Jack asintió con la cabeza y después añadió:

—Tiene un malsano toque de honestidad.

—Pues eso ya es algo —dijo Bill—. Aunque no me lo debe a mí —el pirata cubierto de crustáceos se quedó callado.

—¿Y a qué debo el placer de tu presencia? —preguntó Jack por fin.

—Davy Jones —respondió el Botas—. Me mandó como emisario.

Jack llevaba tiempo esperando aquel momento.

—Vaya, así que te emborrachó para meterte en su tripulación.

—Fue cosa mía. Lamento el papel que jugué en el motín contra ti —dijo Bill sinceramente.

Jack le quitó importancia con un gesto vago de la mano y tomó otro trago de ron. Bill formaba parte de la tripulación de *La Perla Negra* durante el motín de Barbosa. El resto de la tripulación había decidido seguir a Barbosa y nombrarle su capitán. Jack había sido abandonado para morir en una isla.

—Después de aquello todo salió mal —dijo Bill—. Acabé como un maldito, condenado a las profundidades del océano, sin poder moverme, sin poder morir.

Jack se estremeció.

—Lo único que podía hacer era pensar —continuó—. Y sobre todo pensaba que si tenía siquiera la más mínima oportunidad de escapar a aquel destino, la aprovecharía. Estaba dispuesto a dar cualquier cosa a cambio.

—No cabe duda de que esa forma de pensar le atrae —dijo Jack, que conocía muy bien la afición de Davy Jones por conseguir un buen trato.

—Así fue —dijo el Botas, asintiendo arrepentido—. Davy Jones apareció. Hizo su oferta. Podía pasar cien años a su servicio, con la esperanza de descansar en paz después.

Dejó de hablar y miró fijamente a su antiguo capitán. Después añadió:

—Tú también hiciste un trato con él, Jack. Él subió *La Perla* de las profundidades para ti, y durante trece años has sido su capitán.

—Técnicamente —dijo Jack, a punto de objetar, pero el Botas le interrumpió.

—No podrás salir de ésta sólo con palabras —le advirtió mientras un cangrejo reptaba hacia abajo por su brazo. El pirata maldito lo aplastó y se lo metió en la boca—. Las condiciones que se me aplican se te aplican también a ti. Un alma, obligada a trabajar toda una vida a bordo de su barco.

Jack no estaba dispuesto a empezar siquiera a parecerse al viejo Botas, de momento.

—*El Holandés Errante* ya tiene capitán —comentó Jack, resaltando que Jones era el capitán del buque fantasma—. Así que yo estoy de sobra.

Bill no esperaba menos de Jack. El capitán Jack Sparrow nunca se dejaba vencer sin luchar. Por eso, suspiró y asintió.

—Entonces estás perdido, Jack. El Kraken de Jones te encontrará y arrastrará a *La Perla* de vuelta a las profundidades… y te llevará a ti con él.

—¿Tienes idea de cuándo soltará a esa horrible bestia? —preguntó Jack, intentando disimular su preocupación.

Bill alzó un brazo y señaló la mano de Jack. Éste dio un paso atrás, pero ya era demasiado tarde. Sobre la palma de su mano apareció la temida Mancha Negra. Jack se quedó mirándola. Ahora era un hombre marcado.

—No es cuestión de cuánto tiempo pueda pasar hasta que venga a por ti —dijo el Botas mientras Jack miraba la mancha—. Es cuestión de cuánto tiempo pasará hasta que te encuentre.

Cuando Jack levantó la vista, Bill ya había desaparecido. Jack lanzó un grito y echó a correr.

—¡Ah de cubierta! —gritó a su tripulación dormida al cruzar la bodega—. ¡Arriba la tripulación! ¡Deprisa! ¡Movimiento, quiero movimiento!

Mientras los piratas soñolientos se arrastraban hacia sus puestos, Jack miraba las velas negras de *La Perla*.

—¡Arriad esas velas! —ordenó a los hombres—. ¡Arriadlas! ¡Deprisa, compañeros, deprisa, como si el diablo en persona nos pisara los talones!

Mientras la tripulación estaba distraída, Jack se envolvió la mano con un trapo para tapar la Mancha Negra. No podía dejar que nadie viera que estaba marcado.

Gibbs buscaba a Jack, y lo encontró escondido detrás del mástil.

—¿Tenemos rumbo? —preguntó.

—¡Tierra! —respondió Jack gritando.

—¿Qué puerto? —preguntó Gibbs.

—¡He dicho tierra! ¡Cualquier tierra!

En aquel instante «Jack» el mono saltó del velamen, aterrizó sobre el hombro de Jack y tiró el sombrero del capitán por la borda.

—¡El sombrero de Jack! —chilló Gibbs, que sabía el cariño que le tenía el capitán—. ¡Virad el barco!

—¡No! —saltó Jack—. Dejadlo.

La tripulación de Jack se quedó helada. Todos sabían lo mucho que el sombrero significaba para él. No podían creer que no quisiera recuperarlo.

—¡Todos a vuestros puestos! —ordenó Gibbs, y después se volvió hacia Jack—. Por todos los santos, Jack..., ¿qué es lo que nos persigue?

Capítulo 4

El legendario sombrero de tres picos del capitán Jack Sparrow flotaba arrastrado por la corriente, girando lentamente. A la mañana siguiente, ya se había alejado mucho de *La Perla Negra*.

El casco de una pequeña barca de pesca pasó flotando junto a él, y de pronto el sombrero quedó enganchado en un anzuelo del barco. Un marinero bajito y rechoncho lo sacó del agua y quedó complacido con su aspecto. En seguida se lo probó.

En aquel momento, su compañero se lo arrancó de la cabeza. Los dos estaban tirando del sombrero cuando de pronto sintieron un escalofrío. Dejaron de forcejear. Se escuchó un fuerte crujido bajo la cubierta. Los marineros se tambalearon cuando la pequeña embarcación comenzó a balancearse. Miraron asustados a su alrededor y después al sombrero. ¡Aquel extraño giro de los acontecimientos debía de tener algo que ver con el sombrero! Los marineros se pelearon por deshacerse de él.

Sin embargo, la pelea terminó pronto, porque la cubierta se hizo astillas y la barca entera se hundió. Un géiser gigante surgió del mar, escupiendo madera y trozos de lona. En un abrir y cerrar de ojos, el agua quedó en calma y el pesquero había desaparecido.

No muy lejos de allí, en las oficinas centrales de la Compañía de Comercio de las Indias Orientales, Will Turner entró en la oficina de lord Beckett escoltado por dos guardias. Un enorme mapa del mundo incompleto ocupaba toda una pared de la oficina.

—Eso no será necesario —dijo Beckett, señalando los grilletes de las muñecas de Will.

Los guardias soltaron a Will.

—¿Tiene intención de soltar también a Elizabeth? —preguntó Will.

—Usted verá —respondió Beckett, y en seguida cambió el planteamiento de su respuesta—. Eso *depende* completamente de usted —aclaró. Beckett atizó el fuego de la chimenea con su bastón—. Queremos que actúe como intermediario en una transacción comercial con nuestro amigo común, el capitán Sparrow.

—Es más un conocido que un amigo —dijo Will—. ¿De qué lo conoce usted?

—No es la primera vez que hacemos negocios —dijo Beckett, exhibiendo la letra *P* grabada en el extremo de su bastón al rojo vivo. Era la misma *P* marcada a fuego en el brazo de Jack—. Nos hemos marcado mutuamente.

—¿Qué marca le dejó él a usted? —preguntó Will, pero Beckett no respondió. En lugar de eso, dijo—: Gracias a sus esfuerzos, Jack Sparrow quedó libre. Le pido que vaya a su encuentro para recuperar cierta posesión que obra en su poder.

—Recuperar —repitió Will, lleno de escepticismo—. ¿A punta de espada?

Beckett sonrió.

Un trueque —sugirió con gesto astuto—. En mutuo beneficio y por un precio justo.

Cogió varios documentos de gran tamaño que tenía encima de la mesa. Estaban firmados por el rey de Inglaterra.

—Patentes de corso —explicó Beckett—. Usted ofrecerá el equivalente a un indulto completo. Jack quedará libre y recibirá una patente de corso al servicio de Inglaterra.

Will las miró y negó con la cabeza. Sabía que esos documentos le otorgaban el derecho a confiscar las pertenencias de Jack, pero algo fallaba.

—Por algún motivo, dudo que Jack considere ese empleo equivalente a la libertad —señaló Will.

—Jack Sparrow es una especie en extinción —gruñó Beckett. Señaló el mapa de la pared—. El mundo encoge, los bordes en blanco del mapa se van rellenando. Jack tendrá que buscar un lugar en el Nuevo Mundo, o perecer. Igual que usted —continuó Beckett, llevando el asunto a su terreno—. Usted y su prometida se enfrentan a la soga del verdugo. Desde luego, eso debería ser un aliciente para que usted logre convencer al capitán Sparrow de que acepte nuestra oferta. Y para que también usted la acepte, señor Turner.

Will consideró la propuesta.

—Así que usted recuperará tanto a Jack como a *La Perla Negra*.

Beckett parecía sorprendido:

—*¿La Perla Negra?* No, señor Turner, el objeto en cuestión es bastante más pequeño y mucho más valioso, algo que Sparrow lleva encima a todas horas. Una brújula.

Beckett percibió un gesto de familiaridad en el rostro de Will.

—Ah, lo conoce —murmuró, y después añadió—: ¡Regrese con la brújula o no habrá trato!

Will Turner salió echando pestes de la oficina de Beckett y cruzó la verja de la prisión de Port Royal. Pasó junto al guardia de casaca roja y avanzó por el pasillo de piedra hacia la celda de Elizabeth. El gobernador Swann le seguía de cerca.

—¡Eh, un momento! —gritó el guardia—. ¡Usted no puede estar aquí, señor Swann!

—*Gobernador* Swann —respondió él, corrigiendo al guardia—. No llevo esta peluca para calentarme la cabeza, ¿sabe? —Swann miró al guardia a la cara—. Carruthers, ¿verdad? ¿Le gusta su trabajo, señor Carruthers?

El guardia rápidamente cambió de actitud.

—Sí, señor. Sobre todo cuando viene gente a visitar a los prisioneros.

—Muy bien —dijo Swann. Hizo un gesto con la cabeza en dirección a la puerta y el guardia salió rápidamente.

Cuando el gobernador se acercó a la celda fría y húmeda, oyó que Elizabeth decía a Will:

—¿La brújula de Jack? ¿Por qué iba a quererla Beckett?

Elizabeth estaba entre rejas, y aún llevaba puesto su vestido de boda.

—¿Qué más da? —dijo Will—. Debo encontrar a Jack y convencerle para que regrese a Port Royal. A cambio, retirarán los cargos contra nosotros.

Will se acercó a Elizabeth tanto como se lo permitían las rejas que los separaban.

—Si no hubiera liberado a Jack… —comenzó, y su voz se apagó llena de arrepentimiento—. Jamás pensé que tú tendrías que sufrir las consecuencias.

Elizabeth sonrió:

—Yo estoy encantada de sufrir esas consecuencias contigo —alargó los brazos a través de las rejas y le cogió las manos—. ¿Cómo vas a encontrarle? —preguntó inquieta.

Su seguridad conmovió a Will. De pronto se sentía capaz de cualquier cosa.

—Tortuga. Empezaré por allí, y no pararé de buscarle hasta que le encuentre, y después regresaré aquí y me casaré contigo.

—¿Como es debido? —preguntó Elizabeth.

—Como yo lo deseo —prometió Will.

Capítulo 5

Inmediatamente Will Turner comenzó su búsqueda. Registraría todas las islas del Caribe si era necesario; estaba dispuesto a encontrar a Jack. Viajó hasta Tortuga, deteniéndose en diferentes puertos isleños por el camino. En uno, subió al muelle y preguntó por el paradero de Jack al primer hombre que encontró.

—¿El capitán Jack Sparrow? —preguntó el ajado marinero—. Me debe cuatro doblones. Oí decir que había muerto.

En otra isla, bajando por un callejón empedrado, Will entró en una taberna iluminada por velas. El posadero, un hombre honrado, fornido, dijo a Will:

—Escapó a Madagascar con una mujer criolla

—después añadió con un guiño—: ¡Ella tenía la mitad de años que él y le doblaba en altura!

En una playa, un pescador medio ciego le dio su versión.

—Yo oí que fue a Singapur. Seguro como la marea —asintió con una sonrisa desdentada—. ¡Jack Sparrow aparecerá en Singapur!

Will suspiró. Había mil historias sobre el paradero de Jack. Le quedaba una última oportunidad de averiguar la verdad; irónicamente, en un lugar en el que la verdad era difícil de encontrar. ¡Tortuga!

Tortuga era una guarida bien conocida del capitán Jack Sparrow. Era el puerto más sucio del Caribe; un lugar lleno de piratas borrachos en busca de nuevos riesgos y grandes aventuras. Un lugar, como recordó Will cuando el hedor de Tortuga le llenó la nariz, por el que Jack sentía mucho apego.

En cuanto llegó, Will vio a una mujer con la que se había encontrado la última vez que había estado en Tortuga con Jack. Era pelirroja y llevaba un vestido rojo. Se llamaba Scarlett, si mal no recordaba. Supuso que debía preguntarle si había visto a Jack recientemente.

—Hace un mes que no le veo —le espetó Scarlett—. Cuando le encuentre, dele un mesaje de mi parte —levantó la mano, abofeteó a Will en la cara y después se alejó con paso firme.

Frotándose la mejilla mientras caminaba, Will se fijó en un marisquero que estaba sobre la cubierta de un pequeño barco.

—No sé nada de Jack Sparrow —dijo el marisquero a Will, recogiendo las redes—, pero hay una isla justo al sur de los estrechos donde cambio especias por..., hummmm..., deliciosa carne humana. No, no sé nada de Jack, pero allí encontrará un barco, un barco con velas negras.

Por unas cuantas monedas, Will convenció al marisquero para que le llevara en barco a aquella isla. En cuanto doblaron la punta del cabo..., ¡Will lo vio con sus propios ojos, *La Perla Negra* se balanceaba escorado en la arena! Volvió a animarse.

—Mi hermano le llevará a tierra —dijo el marisquero a Will.

Hizo un gesto con la cabeza a un hombre más alto que él, de cara redonda, mientras Will subía a su diminuto bote de remos. Pero cuando estaban a mitad de camino de la playa, el hermano dijo a Will:

—No.

Y dio media vuelta al bote.

—¿Qué pasa? —preguntó Will—. La playa está ahí mismo.

Pero el hombre se limitó a remar con más fuerza de vuelta al barco.

Will no tenía elección. Sacudió la cabeza, se lanzó al agua y nadó hacia la orilla.

Will, empapado, caminó por la playa hacia *La Perla Negra*. El enorme buque descansaba clavado en la arena. No se oía ningún sonido en la cubierta.

Más adelante, Will encontró los restos de una hoguera. Tocó las cenizas. Seguían calientes. Seguro que Jack había estado allí. ¡Tenía que andar cerca!

—¡Jack! —gritó Will—. ¡Jack Sparrow! ¡Señor Gibbs! ¿Hay alguien...?

Will se volvió hacia la espesa selva y vio un aleteo entre las ramas. ¡Era el loro de Cotton!

—Me alegro de ver una cara conocida —dijo Will al viejo pájaro, aún más convencido de que Jack y la tripulación estaban en la isla.

—¡No me coma! —chirrió el loro.

—Ni siquiera tengo hambre —dijo Will, buscando un camino hacia el interior de la selva.

—¡NO ME COMA! —chilló el loro, aún más fuerte.

Will volvió a centrar su atención en el pájaro.

—Escucha, no eres más que un montón de plumas y huesos, y además seguramente sabes a paloma —el loro se quedó callado—. Perdona —dijo Will, sintiéndose mal—. Eso no venía a cuento. Verás…, si alguien te pregunta, di que Will Turner se adentró en la selva buscando a Jack Sparrow. ¿Entiendes? —Will suspiró—. Estoy hablando con un loro —se dijo para sus adentros.

—¡Sí, sí, señor! —respondió el loro, ladeando la cabeza.

Will sonrió, sacó su espada y comenzó a abrirse paso hacia el interior de la selva. Al cortar una enorme hoja de palmera descubrió una pequeña petaca roja sobre la tierra de la jungla.

—Gibbs… —murmuró Will, al reconocer la petaca del viejo pirata.

Se puso en cuclillas para recogerla y descubrió que tenía un alambre atado. Will sonrió, pensando que los piratas habían puesto una trampa. Sujetando el alambre, lo siguió hasta un árbol. De pronto, dos ojos aparecieron encima del tronco de un árbol y un brazo perfectamente camuflado surgió y tiró con fuerza del alambre.

En un momento, Will perdió el equilibrio y quedó colgando cabeza abajo. Mientras estaba colgado de una pierna, de pronto descubrió a un grupo de guerreros de la isla. ¡Tenían las caras y los cuerpos llenos de marcas de mordiscos y llevaban adornos que parecían huesos humanos! No era extraño que el marisquero se hubiera asustado tanto. Los guerreros saltaron encima de él empuñando sus lanzas. Will tomó impulsó contra el árbol y tiró a varios al suelo.

—¡Vamos! —dijo Will, provocando a un guerrero al que había mordido—. ¡Estoy aquí mismo!

El guerrero empuñó una cerbatana y disparó un dardo al cuello de Will. Will cayó desmayado y el guerrero cortó la cuerda que lo sujetaba.

Capítulo 6

Entretanto, en una fría y húmeda celda de Port Royal, Elizabeth no podía hacer más que esperar. La luz de la luna entraba por la pequeña ventana de la celda proyectando sombras en la pared. Estaba agotada y acababa de cerrar los ojos cuando oyó un tintineo de llaves.

—¡Ven, deprisa! —escuchó una voz que parecía la de su padre.

El gobernador Swann surgió de entre las sombras.

—¿Qué está pasando? —preguntó Elizabeth. El guardia abrió la puerta, y Elizabeth salió apresuradamente de su celda. El gobernador Swann hizo un gesto con la cabeza al guardia.

—He concertado un pasaje para que vuelvas a Inglaterra —respondió el gobernador Swann, mientras él y su hija corrían rápidamente a lo largo de un pasillo iluminado por antorchas—. El capitán es un viejo amigo mío.

El gobernador llevó a Elizabeth hasta un carruaje que la estaba esperando, pero Elizabeth se negó a subir. Estaba esperando a Will.

—No podemos contar con la ayuda de Will —dijo el gobernador, desesperado, desenfundando una pistola—. Beckett ha ofrecido sólo un indulto. Uno. Y se lo ha prometido a Sparrow. ¡No me pidas que soporte ver cómo mi hija camina hacia la horca! ¡No me lo pidas! —la metió dentro de un empujón y le entregó la pistola.

Después cerró la puerta y condujo el carruaje a toda velocidad hasta el barco que estaba esperando.

Cuando se acercaron al puerto, el gobernador hizo que los caballos aflojaran el paso hasta detenerse. Dos hombres permanecían agazapados entre las sombras. Uno llevaba un sombrero de capitán.

—Quédate aquí —dijo el gobernador a Elizabeth mientras bajaba de un salto. Se acercó apresuradamente a los dos hombres.

—¡Capitán Hawkins! —dijo el gobernador, aliviado de ver a un amigo.

Pero Hawkins no respondió. El otro hombre se apartó de él y el capitán cayó de bruces, con la guerrera manchada de sangre. De pronto, el gobernador Swann comprendió que el otro hombre, oculto entre las sombras, había estado sujetando de pie el cuerpo del capitán.

—Buenas noches, gobernador —saludó el hombre, limpiando lentamente la hoja del cuchillo con un pañuelo.

Swann dio un respingo. Le había reconocido. Era Mercer, el empleado de Beckett.

—Qué pena —dijo Mercer, señalando el cuerpo con un gesto de la cabeza.

El gobernador Swann se lanzó hacia el carruaje asustado.

—¡Elizabeth! —gritó.

Pero, en un instante, Mercer había reunido a un escuadrón de soldados. Mercer sonrió y abrió personalmente la puerta del carruaje. No encontró a nadie.

—¿Dónde está? —quiso saber, furioso.

—¿Quién? —preguntó Swann.

Mercer lanzó al gobernador contra el carruaje y gritó:

—¡Elizabeth!

—Siempre fue una niña muy terca —respondió el gobernador, con gesto inocente.

Mercer ordenó a sus hombres que pusieran unos grilletes a Swann y, con un violento tirón, se lo llevó de allí.

Capitulo 7

Lord Beckett entró en su oscura oficina, en el interior del edificio de la Compañía de Comercio de las Indias Orientales. Encendió una lámpara sobre su gran mesa de caoba y observó que el estuche que contenía las patentes de corso ahora estaba vacío. También se dio cuenta de que no estaba solo.

Elizabeth surgió de entre las sombras empuñando la pistola que su padre le había entregado.

—Esas patentes de corso —dijo Elizabeth, arrojando los documentos sobre la mesa— están firmadas por el rey, pero están en blanco.

Beckett sonrió, desafiante:

—Y no serán válidas hasta que lleven mi firma y sello.

—Tengo información —dijo Elizabeth, sujetando la pistola con fuerza—. Usted envió a Will para que le consiguiera la brújula propiedad de Jack Sparrow —continuó ella—. No le servirá de nada. Yo he estado en Isla de Muerta. He visto el tesoro con mis propios ojos. Hay algo que debería usted saber.

Beckett sonrió lleno de suficiencia.

—Ah, comprendo. Usted cree que la brújula sólo señala a Isla de Muerta. Me temo que está usted equivocada, señorita Swann. No me importa el oro maldito de los aztecas —dijo Beckett, recordando el cofre del tesoro de la cueva donde Jack había derrotado a Barbosa—. Mis deseos no son tan provincianos.

Lord Beckett señaló un enorme mapa del mundo:

—Hay más de un cofre valioso en estas aguas —dijo—. Así que puede que quiera mejorar su oferta… —terminó con una sonrisa.

Elizabeth levantó el percutor de la pistola y apuntó a la cabeza de lord Beckett. De pronto, él dejó de reír.

—No olvide tener en cuenta que usted me robó

mi noche de bodas —dijo Elizabeth con gesto severo.

Beckett firmó los papeles a punta de pistola, pero no se los entregó inmediatamente.

—Está haciendo grandes esfuerzos para conseguir la libertad de Sparrow —dijo Beckett, extrañado.

—No son para Jack —respondió Elizabeth.

—Entonces, para conseguir la libertad del señor Turner. ¿Y qué hay de mí? Yo sigo queriendo la brújula. Debe tenerlo en cuenta.

Tras decir aquello, Beckett soltó las patentes de corso. Ahora Elizabeth tenía lo que había venido a buscar. Se dio media vuelta y desapareció en la oscuridad.

A la mañana siguiente un buque mercante, el *Edinburgh Trader,* zarpaba de Port Royal. Cuando la nave salió a alta mar, un marinero que había en la cubierta encontró algo extraño. Lo recogió; era un vestido de novia.

El capitán Bellamy oyó el alboroto e inmediatamente subió a cubierta. Su administrador y su intendente se disputaban el vestido.

—Si a los dos les gusta el vestido —gritó el capitán Bellamy—, tendrán que compartirlo y ponérselo primero uno y después el otro.

—No es eso, señor —respondió en seguida el administrador—. ¡El barco está embrujado!

Bellamy miró el vestido:

—¿Lo está?

—Sí —asintió el intendente—. Hay una presencia femenina aquí con nosotros, señor..., todo el mundo lo nota.

La tripulación comenzó a refunfuñar.

—Creo que será el fantasma de una mujer que enviudó antes de casarse —dijo un marinero, lanzando limpiamente un escupitajo—, buscando a su marido perdido en el mar.

El administrador asintió.

—Hay que tirarlo por la borda, y esperemos que el fantasma vaya detrás, o de lo contrario este barco probará las aguas gélidas en menos de una quincena..., ¡se lo aseguro!

Un marinero que estaba pintando la barandilla escuchaba atentamente la pelea.

—¡Ya basta! —ordenó el capitán Bellamy. Cogió el vestido y lo examinó con atención—. Caballeros, a mí me parece que esto es un simple polizón a bordo. Una mujer joven, por lo que parece. A sus puestos. Y si llevamos un polizón, y se trata de una mujer, me temo que no es probable que pase inadvertida, ¿no les parece?

La tripulación se quedó pensativa un instante, y después se dispersó para buscar a la mujer. El marinero que estaba pintando la barandilla se volvió hacia el resto de la tripulación.

Pero no era un marinero, ni mucho menos. Era Elizabeth, disfrazada con ropa de marinero. Dejó la brocha y se unió a la búsqueda de la mujer a bordo, pasando inadvertida en medio del alboroto.

Capítulo 8

Entretanto, en una selva lejana, Will Turner se despertó para descubrir que estaba atado y siendo acarreado a través de un pequeño poblado lleno de cabañas. Los habitantes de la isla contemplaban la procesión llenos de curiosidad. Por fin, Will fue depositado ante un enorme trono. Levantó la vista y… sonrió. Sentado en el trono, vestido con un recargado atuendo ceremonial, se encontraba ni más ni menos que… ¡el capitán Jack Sparrow!

—Jack Sparrow —dijo Will—. Sinceramente puedo decir que me alegro de verte.

Jack no respondió. Se quedó mirando a Will con un gesto ausente. Era como si no le hubiera visto en su vida.

Los guerreros empujaron a Will hacia delante.

—¿Jack? Jack, soy yo, Will Turner. Diles que me suelten.

Jack se bajó del trono y dio a Will un pellizco en el brazo. Hablaba en un idioma que Will no había oído jamás. Los guerreros asintieron. De pronto, Will descubrió que el trono no era un trono corriente: estaba hecho de huesos humanos.

—Jack, escucha —suplicó Will desesperadamente—. La brújula. Es lo único que necesito. Jack, Elizabeth está en peligro. Nos arrestaron por ayudarte *a ti.* ¡Corre el riesgo de acabar en la horca!

Señalando la pierna de Will con un gesto, uno de los guerreros se frotó la tripa, hambriento, insinuando que Will resultaba perfecto como alimento. Jack asintió y la tribu comenzó a vitorear.

—¡No! —gritó Will cuando los guerreros le agarraron—. Jack, ¿qué les has dicho?

Pero Jack no respondió. Volvió a subir a su trono y perdió la mirada en la distancia.

Mientras los guerreros arrastraban a Will lejos de Jack para convertirlo en su cena, Jack hacía gestos desesperados con los ojos, intentando atraer la atención de Will.

—¡Sálvame! —susurró Jack desesperadamente, por la comisura de la boca.

Los guerreros arrastraron a Will al borde de un precipicio, donde un par de jaulas hechas de huesos colgaban de una gruesa cuerda. Will vio que algunos miembros de *La Perla Negra* estaban encerrados en las jaulas. Cuando quiso darse cuenta, lo habían arrojado al interior de una de ellas.

—¡Hombre, Will, no tenías que haberte molestado en venir! —exclamó Gibbs a modo de saludo.

Will se levantó del suelo con dificultad, después se metió la mano en el bolsillo. Entregó a Gibbs la petaca que había encontrado en la selva. Gibbs la levantó, y Will preguntó por el extraño comportamiento de Jack y su posición como líder de la tribu.

—¿Por qué iba a haceros esto? —preguntó Will, mirando a su alrededor, a la tripulación enjaulada—. Si Jack es el jefe…

—Ya —respondió Gibbs con gesto sombrío—, los Pelegostos han hecho de Jack su jefe, pero será jefe sólo mientras se *comporte* como jefe…, lo que significa que no puede hacer nada que piensen que un jefe no haría.

—Entonces está prisionero —dijo Will—, igual que cualquiera de nosotros.

—Se trata de algo mucho peor —Gibbs frunció el ceño—. Los Pelegostos creen que Jack es un dios, atrapado en una forma humana. Pretenden conceder a Jack el honor de liberarle de su prisión carnal.

Por el rabillo del ojo, Will vio que Cotton aportaba su granito de arena, haciendo el gesto de rebanar con un cuchillo. Will frunció el ceño.

—Piensan asarlo y comérselo. Es un sentimiento religioso muy profundo —reflexionó Gibbs—, o quizá es que pasan mucha hambre.

Will veía a casi toda la tripulación repartida entre las dos jaulas, pero una buena cantidad de piratas había desaparecido. ¿Dónde está el resto de la tripulación? —preguntó.

—Las jaulas en las que estamos —suspiró Gibbs—, no se construyeron hasta después de nuestra llegada.

Will miró las jaulas de huesos humanos y rápidamente retiró su mano.

—El banquete comienza con la puesta del sol —dijo Gibbs muy serio—. La vida de Jack llegará a su fin… cuando callen los tambores.

Capítulo 9

En un pequeño bote, cerca de la orilla, dos piratas con la ropa gastada, Pintel y Ragetti, remaban de espaldas a la puesta de sol. Aquel dúo bamboleante era el único rastro de la tripulación de Barbosa. Ragetti, el tipo alto y delgado, llevaba un libro sobre las rodillas.

—Te digo que fue la divina providencia la que nos dejó escapar de la cárcel —comentó, ajustándose el ojo de madera.

—Y yo digo que fue por lo listo que soy —respondió Pintel, el más bajo, y continuó remando. De pronto, un perro con un llavero en la boca asomó la cabeza por la proa. Pintel le dio unas palmaditas en la cabeza—. ¿A que sí, chuchito?

—¿Cómo sabes que no fue la divina providencia la que te inspiró para ser tan listo? —le rebatió Ragetti—. De todas formas, no pienso robar ningún barco.

—No es robar —dijo Pintel mientras se acercaban a un saliente de la pequeña isla—, es rescatar, y... ¿desde cuándo te importa a ti eso?

—Ahora que ya no somos inmortales —dijo Ragetti nervioso—, tenemos que cuidar nuestras almas inmortales. Bajó la vista hacia el libro que llevaba en el regazo.

—¡Pero si tú no sabes leer! —gritó Pintel.

—Es la Biblia —dijo Ragetti, el pirata del ojo de madera, sonriendo con una sonrisa de dientes rotos y marrones—, ganas méritos por intentarlo.

—Fingir que uno lee la Biblia es una mentira, y eso cuenta en tu contra —gritó Pintel cuando *La Perla Negra* surgió ante ellos.

Tenían la impresión de llevar buscándola una eternidad, y ahora...

—¡Mira! ¡Allí está! —gritó Pintel.

De pronto, el perro saltó al agua limpia y azul y nadó hacia la orilla.

—¿Qué mosca le ha picado? —preguntó Pintel.

—Habrá visto un pez *gato* —Ragetti soltó una risita.

Cuando alcanzaron la orilla, Pintel levantó la vista hacia las velas negras del barco.

—¡Es todo nuestro!—dijo, lleno de avaricia, al mismo tiempo que el sonido de los tambores comenzaba de pronto a retumbar por la selva, inundando la playa arenosa.

Capítulo 10

El batir de los tambores resonaba cada vez más fuerte, a medida que los Pelegostos se preparaban para su gran banquete. Mientras recogían leña para la hoguera, su invitado de honor y plato fuerte, el capitán Jack Sparrow, asintió en un gesto de aprobación, intentando forzar una sonrisa.

—Veo que hay mujeres aquí, pero muy pocos niños..., ¿por qué es así? ¿Son más sabrosos los pequeños? —preguntó.

Jack no obtuvo respuesta. Los guerreros estaban ocupados colocando un espetón gigante sobre la hoguera. Jack tragó saliva y respiró hondo.

—¡No es lo suficientemente grande! —gritó, avanzando valientemente hacia la hoguera, fingiendo comportarse aún más como un jefe para ganar tiempo.

Frunció el ceño y sacudió la cabeza cuando los Pelegostos se quedaron mirándole.

—¡No es lo suficientemente grande! —dijo, abriendo los brazos—. *¡Yo soy el jefe! ¡Necesito más madera! ¡Fuego grande!* —dijo en el idioma de los Pelegostos—. ¡MÁS MADERA!

Los guerreros soltaron sus lanzas y se alejaron corriendo a buscar leña suficiente para satisfacer a su jefe. Jack permaneció muy erguido, con los brazos cruzados sobre el pecho, y sonrió hasta que el último guerrero hubo desaparecido. Después, salió disparado.

Cruzó a trompicones un puente de lianas retorcidas y pasó corriendo junto a un grupo de cabañas. De pronto se encontró al borde de un tremendo precipicio, a punto de resbalar, y comenzó a agitar los brazos para recobrar el equilibrio. Cuando lo logró, corrió hacia la cabaña más cercana.

—Cuerda, una cuerda larga —murmuraba, registrando desesperadamente la cabaña deshabitada.

Encontró una caja de especias con la insignia de la Compañía de Comercio de las Indias Orientales. Jack estaba a punto de apartarla a un lado cuando un gigantesco guerrero apareció en la puerta de la cabaña. Jack dio un paso atrás y contempló el aterrador rostro del guerrero.

—No me estoy escapando, nooo.... —dijo Jack, abriendo la caja de especias. Tomó un puñado y se frotó con él por el cuerpo—. ¿Lo ves?

Pronto Jack se vio cubierto por una gran capa de especias frescas y atado al enorme espetón suspendido encima de una inmensa pila de leña sobre una gran fosa. Suspiró y miró a la fosa que ahora, gracias a sus propios esfuerzos, era enorme

—Buen trabajo —dijo, asintiendo hacia los orgullosos guerreros. Demasiado bueno, añadió en silencio para sus adentros.

Entretanto, encerrados en sus jaulas, los piratas esperaban impotentes. Pero Will Turner no estaba dispuesto a rendirse. La vida de Elizabeth estaba en juego; debía llegar hasta Jack.

—Columpiad vuestra jaula —gritó a los hombres, mientras cambiaba su peso de un lado a otro, hasta conseguir que la jaula se balanceara—. ¡Hay que alcanzar el muro!

Leech y los piratas de la otra jaula captaron la

idea. Columpiaron la jaula hacia el lateral del escarpado muro del precipicio y se agarraron a una liana.

—Sacad los pies —gritó Will—. ¡Empezad a trepar!

Tirando con todas sus fuerzas y buscando apoyos para los pies, los miembros de la tripulación fueron subiendo lentamente las dos jaulas por el muro.

Entonces un guerrero que pasaba por allí se quedó mirando las jaulas inclinadas durante un momento. Inmediatamente, todos los hombres se quedaron petrificados. Pero después, los hombres de Leech se impacientaron e intentaron avanzar unos centímetros. El guerrero se dio cuenta. Con un fuerte grito dio la alarma. Los tambores dejaron de sonar.

En el interior del poblado, Jack, atado como un pavo, escuchó la alarma justo cuando una antorcha estaba a punto de encender el fuego. De pronto el guerrero irrumpió en el poblado, gritando y señalando la selva. Estaba claro lo que quería decir..., ¡los prisioneros se escapaban!

—*¡Id tras ellos!* —ordenó Jack, que aún intentaba aparentar que estaba al mando. Señaló hacia la selva con un gesto de la cabeza—. *¡No los dejéis escapar!*

Los guerreros dudaban. No sabían si encender el fuego o echar a correr. Después de todo, tenían el deber de liberar a su dios de su prisión carnal. Pero también era su dios quien les ordenaba marchar. Finalmente, echaron a correr, dejando caer la antorcha al suelo.

Jack abrió los ojos como platos al ver que la antorcha rodaba lentamente hacia la fosa que tenía debajo. De pronto, una ramita del borde de la fosa se prendió. Comenzó a lanzar llamas con un *fsssss* tremendo. Jack sopló intentando apagar el fuego, pero era inútil. ¡El capitán Jack Sparrow estaba a punto de asarse!

Capítulo 11

Entretanto, en el precipicio, la jaula de Will fue la primera en llegar arriba. En la otra jaula, Leech alargó el brazo para agarrar una liana, pero lanzó un grito al ver que esa liana entraba retorciéndose en la jaula. ¡Leech había metido una serpiente gigante, en lugar de una liana, en el interior de su jaula! Los piratas rápidamente se soltaron, y la liana que los sujetaba se partió por el peso del zarandeo. ¡La jaula se precipitó al vacío y chocó contra el fondo del profundo abismo!

Will escuchó los gritos de los hombres justo cuando lograba sacar su jaula del precipicio. Pero no tenía tiempo de preocuparse por Leech y los demás. Los guerreros corrían directamente hacia su jaula.

Sin otra escapatoria, Will y los demás se subieron la jaula hasta las rodillas y echaron a correr por la selva, con los pies asomando por debajo. Tenían que llegar a *La Perla Negra*. ¡Deprisa!

En el poblado, Jack también trataba de moverse deprisa. Intentaba desesperadamente hacer rebotar el espetón hacia arriba y hacia abajo para apartarlo del fuego. Un chico del poblado observaba cómo el pirata saltarín se ahogaba y farfullaba entre las llamas.

Por fin, Jack logró rebotar hasta una altura suficiente y caer lejos de la fosa, boqueando. Logró levantarse y echar a correr, con el espetón a la espalda, tan deprisa como se lo permitían sus pies chamuscados.

El chico que había sido testigo de la huida de Jack corrió hacia la selva. Alcanzó a los guerreros y les contó que Jack escapaba dando brincos. Los guerreros, furiosos, comenzaron a aullar y echaron a correr de nuevo…, pero esta vez no perseguían a la tripulación de Jack…, ¡perseguían al propio Jack!

Cerca de allí, Will y su parte de la tripulación habían logrado escapar de la jaula y llegar a la playa, para encontrarse con que *La Perla* ya estaba lista. Mientras los guerreros se ocupaban de perseguir a todo el mundo por la isla, Pintel y Ragetti habían estado preparándose para robar el barco. Afortunadamente para la tripulación de Jack, aquello significaba una huida rápida.

Gibbs fue el primero en subir a bordo.

—¡Excelente! —gritó, al ver que *La Perla Negra* estaba lista para zarpar—. Tenemos la mitad del trabajo hecho.

La tripulación pasó en tropel junto a Pintel y Ragetti sin inmutarse y ocupó su puesto en cubierta.

—¡Chicos, preparados para zarpar! —gritó Gibbs.

Will trabajaba codo a codo con Gibbs.

—¿Qué hay de Jack? No pienso irme sin él.

De pronto Gibbs señaló la playa horrorizado. Will levantó la vista y vio que Jack corría por la playa con un grupo de guerreros pisándole los talones.

—¡Jack! ¡Date prisa! —gritó Gibbs.

Por supuesto que Jack se estaba dando prisa. El astuto capitán se las había arreglado para soltarse del espetón. Agitando mucho los brazos, intentaba sacar ventaja a los guerreros.

Gibbs se volvió hacia la tripulación.

—¡Soltad amarras! ¡Soltad amarras!

En la orilla, el perro de la prisión, que había llegado a tierra firme tras abandonar a Pintel y Ragetti, apareció y comenzó a gruñir a los guerreros.

—¡Buen perrito! —gritó Jack, corriendo a su lado. Jack chapoteó entre las olas hasta el costado de *La Perla*, y Gibbs rápidamente lo subió a bordo.

El perro ladraba, manteniendo a los guerreros a raya, hasta que *La Perla Negra* desapareció en el horizonte. De pronto, el perro pareció percibir que estaba en peligro. Dejó de ladrar, movió la cola unas cuantas veces, miró a los guerreros, a aquellos guerreros tan hambrientos, y después se dio media vuelta y echó a correr.

Capítulo 12

Jack Sparrow estaba sentado en la cubierta de *La Perla Negra*, intentando recuperar el aliento.

—¿Nos alejamos de esta isla y nos dirigimos a mar abierto? —preguntó Gibbs.

—Sí a lo primero y sí a lo segundo, pero sólo mientras nos mantengamos en aguas poco profundas… —respondió Jack, todavía jadeando.

Gibbs frunció el ceño:

—Parece un poco contradictorio, señor.

Jack asintió:

—Tengo mucha fe en sus habilidades conciliadoras para la navegación, señor Gibbs —dijo, muy práctico.

Después se acercó a la barandilla, abrió su brújula y se quedó mirando la esfera. Estaba tan concentrado que no se dio cuenta de que tenía compañía. Will Turner estaba de pie junto a él.

—Jack —dijo Will en voz baja.

—Ahora no —respondió Jack, sin levantar la vista.

—Jack, necesito…

—Ahora *no* —le espetó Jack, llevándose la mano a la pistola. Por fin levantó la vista hacia Will.

—… Ah. Eres tú —dijo—. ¿Dónde está ese mono? —preguntó Jack, pensando que, ya que tenía la pistola a mano, bien podía practicar un poco. Desde lo alto del velamen, el mono emitió un chillido burlón.

—Jack —dijo Will una vez más, intentando captar la atención del capitán—. Necesito esa brújula.

—¿Por qué? —preguntó Jack, volviendo a consultarla antes de cerrarla de golpe.

—Para rescatar a Elizabeth —respondió Will.

Jack sacudió la cabeza y comenzó a trepar por las velas.

—Esto me suena —dijo.

Y tenía razón. La última vez que Will había estado en compañía de Jack había sido cuando intentaba rescatar a Elizabeth. Para subrayarlo, Jack añadió:

—¿Has pensado en vigilarla más de cerca? ¿No puedes encerrarla en algún sitio?

—Es que ya está encerrada. En prisión. La van a colgar por ayudarte a ti —le espetó Will.

Jack se detuvo un instante dejando que las palabras de Will le hicieran efecto. Después se encogió de hombros y siguió trepando.

—Llega un momento en que uno debe hacerse responsable de sus errores —dijo Jack, instalándose en la cofa del barco.

De pronto, Jack sintió el tacto frío del acero en su garganta. Era la espada de Will.

—Me la entregarás. ¡Ahora! —dijo, asomándose a la cofa—. A cambio, recibirás un indulto completo y una patente de corso al servicio de Inglaterra.

Jack suspiró:

—Me pregunto qué pensará mi tripulación cuando vea que has ensartado al amado capitán que ellos mismos eligieron.

—Creo que se lo tomarán como escarmiento —dijo Will con gesto adusto.

—Está bien —asintió Jack—. Tú consigues la

brújula, tú rescatas a tu amada. ¿Y yo qué beneficio obtengo?

—Tú obtienes un indulto completo —explicó Will—. La libertad. La patente.

Jack sacudió la cabeza:

—No, eso es lo que *tú* quieres de *mí.* ¿No te gustaría saber lo que *yo* quiero de *ti?*

Will bajó la espada y apartó la cara. No había nada más engorroso que negociar con un maldito pirata.

—¿Qué quieres de mí, Jack? —dijo Will por fin, rindiéndose.

—Es bastante peligroso... —respondió Jack, avisando a Will—. Te cambio la brújula, si tú recuperas por mí... —se hurgó en el bolsillo buscando el pequeño retal de tela— ... esto.

Will vio la huella de la llave en la tela.

—Entonces tú consigues mi favor y *también* las patentes de corso. —«Jack Sparrow siempre se las arregla para obtener ventajas en un trato delicado», pensó Will.

—Y tú salvas a la bella dama —asintió Jack.

—¿*Esto* va a salvar a Elizabeth? —preguntó Will, mirando la tela.

Jack se acercó a Will como si el propio aire pudiera oír lo que decía:

—¿Qué sabes de Davy Jones? —preguntó en un susurro.

—Nada —dijo Will.

—Pues sí —respondió Jack, asintiendo decidido—, esto va a salvar a Elizabeth.

Capítulo 13

En otro lugar del océano, una sombra se deslizaba sigilosamente por la parte alta del *Edinburgh Trader.* Era Elizabeth Swann, todavía vestida con ropas de marinero. Se movía hacia la luz del camarote del capitán, donde oía unas voces muy fuertes que estaban discutiendo.

—¡Esto es un ultraje! —protestó el capitán Bellamy, que estaba revisando las cuentas del barco—. ¡Las tarifas del puerto, las tasas de amarre y, por Dios santo, *pilotaje!*

—Me temo, señor, que Tortuga es el único puerto gratuito que queda en estas aguas —sugirió el intendente, sabiendo que el capitán iba a reaccionar.

Y desde luego que reaccionó. Bellamy se puso furioso.

—¡Se refiere a un puerto *pirata!* Pues lo siento, pero yo soy un marino honesto. Me gano mi sueldo y duermo tranquilo todas las noches, gracias.

No tuvo oportunidad de continuar.

—¡Señor! —interrumpió el administrador, señalando la ventana del camarote.

—¿Qué? —preguntó Bellamy enfadado.

Pero el administrador temblaba tanto que sólo era capaz de señalar. El capitán se volvió y vio un vestido blanco, desdibujado, flotando junto a la ventana del camarote. Corrió hacia la cubierta, que estaba tenuemente iluminada.

—Dígame si usted ve lo mismo que yo —preguntó el cocinero del barco, aterrado.

—Sí, lo veo —respondió Bellamy, observando cómo el vestido blanco flotaba hasta el bauprés. Desde lo alto del velamen, Elizabeth tiraba discretamente del vestido, con un cabo de pesca. Agitando el brazo, tiró de una cuerda que a su vez levantaba el brazo del vestido. Señaló primero al capitán Bellamy y después hacia fuera, hacia el mar. La tripulación rápidamente se apartó del capitán.

—Quiere que usted haga algo —dijo el administrador.

—¿Saltar por la borda? —preguntó en seguida el intendente.

Bellamy le miró con el ceño fruncido.

—¡Está intentando hacer una señal!

Entonces, en la brisa marina, una voz suave susurró:

—Tor... tu... ga.

—¿Han oído eso? —exclamó el cocinero.

—¿Ber-mu-da? —dijo el administrador.

—¿Tobago? —sugirió el intendente.

De pronto, la novia fantasma se lanzó contra la barandilla y se arrojó por la borda. Mientras la tripulación miraba por la borda, Elizabeth saltó tras ellos.

—¡Buscad una señal! —gritó Bellamy a sus hombres.

—¡Allí! —dijo el intendente, señalando el mar—. ¡Allí está! ¡Allí está la señal!

—Eso son algas —comentó un marinero.

—Las algas pueden ser una señal —opinó el intendente.

Elizabeth perdió la paciencia.

Agarró al administrador por los hombros y le obligó a volverse.

—¿Qué hay en aquella dirección? —dijo con voz grave y profunda.

En la cubierta, la palabra «Tortuga» ardía en aceite de candil.

—¿Nos está diciendo que vayamos allí? —preguntó el intendente, aterrado.

Elizabeth ya estaba a punto de reventar de frustración, cuando el capitán Bellamy se dirigió a todos:

—Señores —dijo—, ¿qué les parece un cambio de rumbo? ¡La prudencia nos sugiere que hay que dirigirse a Isla Tortuga!

Mientras la tripulación daba gritos de aprobación, Elizabeth se caló aún más el gorro de marinero para taparse la cara y sonrió. Su plan había funcionado. Ahora, sólo le quedaba esperar.

Capitulo 14

Elizabeth se dirigía a Tortuga para buscar a Will, pero Will andaba muy lejos de Tortuga. Estaba con Jack Sparrow, y los dos se dirigían tierra adentro.

Cruzando una densa niebla, dos botes de *La Perla Negra* remaban hacia la boca del río Pantano. Will, Ragetti y Gibbs remaban a la cabeza, seguidos por Jack, Pintel y Cotton. Junto a Cotton había una jaula cubierta con un trozo de lona.

Al pasar junto a unas gruesas marañas de raíces retorcidas y cortezas, Will preguntó a Gibbs en voz baja lo que toda la tripulación quería saber:

—¿Qué es lo que tiene a Jack tan asustado?

Gibbs lanzó un suspiro:

—Jack ha caído en desgracia con el mismísimo Davy Jones —dijo con voz grave—. Cree que sólo está a salvo en tierra. Si sale a mar abierto, está perdido.

—¿Por lo de Davy Jones? —preguntó Will incrédulo.

Jack nunca parecía tener miedo de nadie.

—Pues claro. Si es que cree en estas cosas, hay una bestia que obedece las órdenes de Davy Jones. Una temible criatura de las profundidades, con tentáculos gigantes que a uno le pueden succionar la cara y arrastrar al barco entero a la oscuridad total. El Kraken —dijo Gibbs, estremeciéndose sólo de mencionar a aquella malvada criatura—. Dicen que el hedor de su aliento… —Gibbs calló, reacio a continuar, y Will vio auténtico terror en los ojos del viejo pirata—. Si es que cree en esas cosas —repitió, ladeando la cabeza, y después continuó remando.

Will miró hacia atrás, a Jack, que se estaba tirando de un padrastro con gesto nervioso:

—Jamás pensé que Jack fuera de esas personas que tienen miedo a morir.

—Ya, pero con Jones no se trata de morir…, se trata del castigo —respondió Gibbs—. Piense en el peor destino que se le pueda ocurrir, prolongándose hasta la eternidad…, eso es lo que Davy Jones tiene reservado.

Por un instante, todos los pasajeros del bote se quedaron en silencio, pensando en las palabras de Gibbs.

—¿Y la llave le librará de eso? —preguntó Will por fin.

—Bueno, precisamente a esa pregunta quiere Jack encontrar respuesta —susurró Gibbs, mirando al capitán—. Tanto, incluso, como para venir a visitarla… *a ella*.

—¿A ella? —preguntó Will nervioso.

—Sí —asintió Gibbs.

Los botes se adentraban en las aguas tranquilas de un pantano humeante. La pesada atmósfera estaba inundada de libélulas. Los botes se acercaron a una escalera de soga que colgaba de una enorme cabaña de madera construida en lo alto de un árbol. De la puerta colgaba una linterna, que arrojaba un débil resplandor sobre la cautelosa tripulación pirata. Habían llegado. Ahora la pregunta era… ¿adónde?

—Tranquilos, compañeros —dijo Jack, aparentando tranquilidad. Agarró la escalera—. Yo me ocupo de esto. Tía Dalma y yo nos conocemos desde hace mucho. Somos uña y carne. Mejor dicho, inseparables..., o... bueno, lo fuimos... antes.

—Yo os cubro las espaldas —se ofreció Gibbs.

—Lo que me preocupa a mí es el frente —murmuró Jack.

Lanzando una última mirada nerviosa hacia atrás, Jack entró en la cabaña, con el resto de su tripulación pisándole los talones. A medida que sus ojos se fueron acostumbrando a la tenue iluminación, pudieron ver toda clase de extrañas criaturas en tarros y botellas. Algunas estaban disecadas y colgaban de las vigas. Otras se movían en tarros de agua turbia. Sobre sus cabezas colgaba un viejo cocodrilo polvoriento. Ragetti descubrió un tarro con unos ojos en un rincón y se tapó con la mano el hueco del ojo donde tenía un ojo de madera.

Sentada a una mesa, envuelta en las sombras, estaba Tía Dalma, una mística con una mirada más penetrante que la de ningún pirata. La encontraron escrutando unas uñas de cangrejo. De pronto levantó la cabeza. Se puso de pie:

—Jack Sparrow —dijo—, siempre supe que algún día el viento volvería a traerte hasta mí —su mirada pasó por encima de Jack y se detuvo en Will. Sonrió al verle—. Tú estás tocado por el destino, William Turner —dijo, acercándose.

—¿Me conoce? —preguntó Will, desconcertado.

—Te conviene conocerme —respondió ella misteriosamente, mirando a Will a los ojos.

—Aquí nadie va a conocerse —anunció Jack, acercándose a Tía Dalma y conduciéndola de vuelta a la mesa—. Hemos venido buscando ayuda.

Mientras los piratas se reunían en torno a la mesa, Tía Dalma tiró de Will, acercándolo a ella.

—No parece propio de Jack pedir ayuda.

—No lo hago tanto por mí —respondió Jack fríamente—, como por William, para poder hacerle un favor.

Tía Dalma asintió:

—Eso sí que es más propio de Jack Sparrow. ¿Cómo puedo ayudarte? Ya sabes que cobro.

—¡Tengo con qué pagar! —exclamó Jack con voz alegre, tomando la jaula de la mano de Pintel.

Levantó la lona para mostrar a «Jack», el mono, atrapado dentro. Jack empuñó su pistola y le pegó un tiro. El monito, indignado, apenas parpadeó. Se le quedó mirando.

—¿Lo ves? —exclamó Jack. Levantó la mirada hacia el techo—. A lo mejor quieres hacerle lo mismo que al cocodrilo.

Tía Dalma se levantó y abrió la jaula.

Gibbs protestó al ver que el mono echaba a correr por toda la cabaña:

—No sabe lo que nos costó cogerlo —dijo con voz lastimera.

—El pago es justo —comentó ella, ignorando a Gibbs.

Sus ojos volvieron a detenerse en Will.

Jack se sacó del bolsillo el dibujo de la llave y se lo pasó a Will, que rápidamente se lo mostró a Tía Dalma.

—Estamos buscando esto… y lo que abre —dijo Will.

—¿La brújula que me cambiaste no te puede guiar hasta ella? —preguntó Tía Dalma.

—No —respondió Jack sencillamente.

Tía Dalma rió y volvió a centrar su atención en Will, sin dejar de hablar con Jack.

—Tu llave lleva a un cofre… y lo que buscas es lo que hay dentro del cofre, ¿verdad?

—¿Qué hay dentro? —preguntó Gibbs.

—¿Oro? ¿Joyas? ¿Otras propiedades valiosas sin un dueño conocido? —preguntó Pintel ilusionado.

—Nada malo, espero —dijo Ragetti, que aún estaba nervioso con todo aquel asunto.

Capítulo 15

Tía Dalma sonrió a los piratas que la rodeaban, como si fueran niños pequeños. Después, comenzó a relatar una historia:

—Habéis oído hablar de Davy Jones, ¿verdad? Un hombre de mar, un gran marino, hasta que cayó en desgracia por lo mismo que aflige a todos los hombres.

—¿Qué aflige a todos los hombres? —preguntó Will.

—Eso, ¿qué? —sonrió ella.

—El mar —dijo Gibbs solemnemente.

Tía Dalma negó con la cabeza.

—El dinero —añadió Pintel, avaricioso.

La gitana volvió a negar con la cabeza.

—La dicotomía del bien y del mal —sugirió Ragetti.

Toda la habitación miró al pirata tuerto y negó con la cabeza.

—Una mujer —dijo Jack, poniendo fin al juego.

Tía Dalma sonrió al rudo pirata.

—Una mujer. Se enamoró. Era una mujer voluble, dura e indómita como el mar. Jamás dejó de amarla, pero no podía vivir con el dolor que le causaba..., aunque tampoco era suficiente como para provocarle la muerte.

Todos asintieron con gesto triste, porque comprendían perfectamente su historia.

—¿Qué fue exactamente lo que metió en el cofre? —preguntó Will.

—Decidió que no merecía la pena sentir la escasa, pasajera felicidad que la vida nos brinda, de manera que se arrancó el corazón, lo metió en un cofre y ocultó ese cofre al resto del mundo. La llave... la lleva siempre encima —respondió Tía Dalma.

Will lo comprendió y asintió. La llave abría el cofre que contenía el corazón de Jones.

—Menudo rodeo para dar una respuesta —comentó Jack.

—Hay que adornar las cosas, Jack —respondió Tía Dalma, guiñando un ojo.

—Tú lo sabías —dijo Will, cuando comprendió que Jack tenía más información de lo que parecía a la hora de hacer el trato.

—No, yo no sabía dónde estaba la llave… —tartamudeó Jack, interrumpiendo el hilo del pensamiento de Will.

Will dirigió la mirada hacia el techo.

—Pero ahora lo sabemos —dijo Jack con voz suave—, así que lo único que hay que hacer es deslizarse a bordo del barco de Jones, *El Holandés Errante,* y coger la llave, para que puedas volver a Port Royal y salvar a tu amada.

Jack se dirigió hacia la puerta, pero no le dio tiempo a abrirla porque Tía Dalma dijo:

—Déjame ver tu mano.

Jack titubeó. Lentamente se quitó la venda. Tía Dalma asintió con un gesto respetuoso al ver la Mancha Negra que convertía a Jack en un hombre marcado.

Gibbs se acercó y también pudo ver la marca. Pintel y Ragetti vieron cómo el viejo pirata daba tres vueltas y lanzaba un escupitajo para atraer a la suerte. Sin saber por qué, ambos lo imitaron, por si las moscas.

Observaron cómo Tía Dalma atravesaba la habitación con su vestido largo y harapiento y subía las escaleras. Al llegar arriba, abrió una enorme puerta tallada. Al otro lado se oía el susurro del océano. Tía Dalma cerró la puerta lentamente y bajó las escaleras. En sus manos llevaba un tarro que entregó a Jack.

—Davy Jones no puede tomar puerto, no puede pisar tierra más que una vez cada diez años —dijo—. Se agachó y llenó el tarro de arena—. En tierra es donde estás a salvo, Jack Sparrow, así que llevarás tierra contigo.

Jack miró dentro del tarro.

—Esto es un tarro de polvo —dijo Jack, que no estaba muy impresionado.

—Sí.

—¿Un tarro de polvo me va a ayudar? —preguntó, lleno de escepticismo.

Tía Dalma hizo ademán de recuperar el tarro:

—Si no lo quieres, devuélvemelo.

—¡No! —gritó Jack, sujetándolo contra el pecho.

—Entonces te ayudará —dijo ella, asintiendo.

Will se volvió hacia Tía Dalma.

—Por lo visto tenemos que encontrar *El Holandés Errante* —dijo.

Tía Dalma sonrió al ver su rostro joven, y después volvió a sentarse a su mesa. Recogió las uñas de cangrejo, las lanzó e hizo un hechizo para hallar la dirección. Las uñas cumplieron bien su cometido. La tripulación se puso en camino para encontrar a Davy Jones.

Capítulo 16

La Perla Negra navegó hasta un archipiélago del Caribe cuyo contorno se correspondía con el dibujo que las uñas habían trazado sobre la mesa de Tía Dalma. Y allí, en un bajío, había un barco, con la cubierta principal hundida en el mar.

Bajo el resplandor de una vieja lámpara de aceite, Jack y Gibbs contemplaron en silencio la embarcación destrozada.

—¿Eso es *El Holandés Errante?* —preguntó Will—. No parece gran cosa.

—Tú tampoco —le espetó Jack—. No lo subestimes —después se volvió hacia Will—. ¿Cuál es tu plan? —preguntó.

—Yo me acerco remando y registro el barco

hasta que encuentre tu maldita llave —respondió Will.

—¿Y si hay tripulación? —preguntó Jack, poniéndole a prueba.

—Me cargo a cualquiera que me encuentre.

Jack sonrió.

—Me gusta. Sencillo y fácil de recordar.

Will asintió. Su mirada se dirigió hacia la tela que Jack sujetaba con fuerza en la mano.

—Yo te traigo la llave y tú me das la brújula.

—Bien, y si te capturan, sólo tienes que decir: «Jack Sparrow me envió para pagar su deuda» —le ordenó Jack. Después añadió—: Eso puede salvarte la vida.

Will se despidió con un gesto de la cabeza y saltó por la barandilla al bote que le estaba esperando.

Mientras Will remaba de espaldas al barco hundido, Jack lo observaba en silencio. Después ordenó a Gibbs que apagara las luces. Una por una, las lámparas de *La Perla Negra* fueron quedando oscuras como sus negras velas. Había quedado invisible salvo por la sonrisa del capitán Jack Sparrow con sus dientes de oro.

***

Will alcanzó la cubierta principal del barco averiado y encendió su propio candil. El barco parecía desierto. En cubierta había cuerpos de marineros desparramados al azar, todos muertos. Al ver el caos que le rodeaba, Will sintió que le flaqueaban las piernas. ¿Dónde se había metido?

De pronto crujió una polea. Will se volvió y vio a un marinero herido que débilmente intentaba levantar una vela.

—Izad el contrafoque. Cortadle el paso. Órdenes del capitán —masculló el hombre.

—Es inútil, marinero —dijo Will—. Habéis encallado.

Pero aquel hombre vencido seguía intentándolo.

—No..., está debajo..., aliento pestilente..., olas se han llevado a Billy y a Quentin... ¡Órdenes del capitán!

De pronto, una ola sacudió el barco y un marinero muerto cayó del velamen. Will saltó hacia atrás cuando el cuerpo golpeó la cubierta. En la espalda del marinero, Will vio unas marcas redondas de succión. Dio la vuelta al cuerpo. El rostro del hombre había desaparecido, estaba totalmente arrancado.

¡El Kraken! Will recordó de pronto la descripción que Gibbs le había hecho del monstruo marino.

Will se retiró del cuerpo. Miró por encima de la barandilla, presa del pánico, y no vio más que la negrura de las olas del mar. Entonces una calma extraña se instaló sobre las aguas. Luego, casi con igual rapidez, el viento se transformó en un vendaval. El mar agitado se veía blanco y, alzándose entre la espuma como una gran ballena que atravesaba la superficie, apareció un imponente barco de gran potencia. *El Holandés Errante.*

Will había caído en una trampa. Para atraer a *El Holandés Errante* verdadero, Jack había enviado a Will a bordo de un barco naufragado. Pero ahora el barco, con su capitán, Davy Jones, estaba allí.

Era diferente a todos los barcos que Will había visto en su vida. Estaba hecho de madera pálida y huesos, y totalmente cubierto de elementos marinos: coral, conchas, algas. Aterrizó sobre el océano, formando una gran ola, con el esqueleto de una mujer alada en la proa. Will se ocultó detrás de uno de los cañones del barco naufragado, pero fue inútil.

Surgiendo de entre las sombras, la tripulación

de *El Holandés* abordó el barco. Se trataba de una banda de espantoso aspecto. Muchos tenían escamas, otros estaban forrados de percebes. Will desenvainó su espada y salió de su escondrijo. Corrió hacia el bote, pero el primer oficial de *El Holandés*, un hombre con el rostro lleno de incrustaciones de coral llamado Maccus, le cortó el paso. Pronto el resto de la tripulación se unió a Maccus, rodeando a Will.

—¡Ponte de rodillas y empieza a rezar! —gruñó Greenbeard, el contramaestre, por detrás de las algas que le tapaban la cara.

Durante un instante, Will se quedó helado ante la visión de la tripulación de Jones, pero en seguida reaccionó, atravesó con su espada una cuba de aceite de ballena y, de una estocada, rompió su lámpara. La espada lanzó unas llamaradas salvajes y él comenzó a blandirla, desgarrando las acuosas carnes de los miembros de la tripulación. Will se volvió para atacar a los hombres que tenía a su espalda, cuando una polea le acertó de lleno en la cara dejándole inconsciente. De pronto estaba indefenso y a merced de la tripulación de *El Holandés Errante*.

Capítulo 17

Cuando recobró el sentido, Will seguía en el barco hundido. Formaba parte de una fila de marineros, todos de rodillas. Will era el último de la fila. Miró hacia un lado y vio cómo alguien subía a cubierta, a grandes pasos. Se trataba de Davy Jones en persona, y era tan feroz como decían.

Los ojos oscuros del capitán asomaban por detrás de una larga barba de tentáculos de pulpo que se agitaban y retorcían con vida propia.

Tenía una pinza por mano izquierda y los dedos de su mano derecha se prolongaban en forma de toscos tentáculos que sujetaban un bastón de marfil. Cubría su cabeza con un sombrero negro que recordaba los cuernos de un demonio, y una de sus piernas era un simple hueso de ballena. Con gesto sombrío, recorrió con la mirada la fila de marineros que tenía delante.

—Quedan seis hombres vivos —declaró Maccus—. El resto ha caído.

Jones asintió y avanzó a lo largo de la fila.

—¿Tienes miedo a la muerte? —preguntó Jones al timonel del barco, que era quien parecía más asustado—. Puedo ofrecerte… una evasión —se burló, con una voz que recordaba el sonido de las olas que rompen contra una orilla distante.

—¡No le hagas caso! —exclamó el capellán, que también estaba en la fila, agarrando su cruz.

Jones se dio media vuelta y rugió:

—¿Tú no tienes miedo a la muerte?

—Prefiero arriesgarme, señor.

—Buena suerte, compañero —dijo Jones, con una sonrisa burlona.

Hizo una señal con la cabeza a Greenbeard, que tiró al hombre por la borda.

Jones se agachó hacia el timonel. Su barba de tentáculos se erizaba y retorcía.

—Te aferras al dolor de la vida, y tienes miedo a la muerte. Te ofrezco una elección. Puedes unirte a mi tripulación… y aplazar el juicio. Cien años de servicio. ¿Aceptas?

El timonel asintió rápidamente:

—Acepto.

Jones sonrió y avanzó a lo largo de la fila. Al llegar a Will, se detuvo y frunció el ceño.

—Tú ni estás muerto ni te estás muriendo. ¿Qué buscas aquí?

—Me envió Jack Sparrow —respondió Will—, para pagar su deuda.

La rabia afloró en el rostro de Jones, los tentáculos de su barba pasaron del rosa pálido al morado.

—¿Ah, sí? —se quedó mirando a Will durante un largo rato—. Me siento muy tentado de aceptar tu oferta.

Jones giró la cabeza y miró hacia fuera, a la oscuridad. Ya era hora de cobrar todas las deudas.

El capitán Jack ha vuelto
para otra aventura en alta mar.

El día de la boda de Elizabeth Swann se ha estropeado.

Lord Beckett ha encarcelado a Elizabeth,
y Will le promete que la va a rescatar.

Will Turner sale en busca del capitán Jack Sparrow a bordo de un barco de pesca.

Unos guerreros capturan a Will.

Los guerreros tienen un nuevo líder: ¡el capitán Jack!

Elizabeth Swann se disfraza de marinero.

Will escucha mientras Tía Dalma les cuenta la historia de Davy Jones.

Jack se fuga. Necesita salir de Isla Tortuga y encontrar el cofre de Davy Jones.

Davy Jones capitanea *El Holandés Errante.*

Will muestra a su padre, Bill el Botas, un dibujo de la llave de Davy Jones.

¡Los piratas Pintel y Ragetti han robado el cofre de Davy Jones!

Capítulo 18

Jack Sparrow estaba rodeado de oscuridad, en la cubierta de *La Perla Negra*, mirando por el catalejo. De pronto dio un respingo. Jones le estaba mirando fijamente.

Jack bajó lentamente su catalejo, y de pronto Davy Jones apareció justo delante de él. La tripulación de *El Holandés Errante* también se había trasladado hasta la cubierta de *La Perla Negra*, y rápidamente rodeó a Jack y a su tripulación.

—Tienes una deuda que pagar —dijo Jones a Jack, con un desagradable gruñido—. Has sido capitán de *La Perla Negra* durante trece años. Es lo que acordamos.

Jack asintió:

—Técnicamente, yo fui su único capitán durante dos años…, después sufrí un brutal motín.

—Seguías siendo el capitán a pesar de todo —respondió Jones—. ¿No te has presentado siempre como el capitán Jack Sparrow?

—No, que recuerde. ¿Por qué lo preguntas? Has recibido mi pago. Un alma que servirá en tu barco. Ya la tienes allí —dijo Jack, refiriéndose a Will.

—No hay negocio —rugió Jones—. No hay cambios.

Jack levantó un dedo:

—Hay un precedente en cuanto a la servidumbre, de acuerdo con el Código de la Hermandad…

Los tentáculos del rostro de Jones empezaron a retorcerse y a rizarse:

— ¡Un alma no es igual a otra!

—Vaya, de modo que hemos establecido que, en principio, la propuesta es válida. Ahora ya sólo estamos regateando el precio —respondió Jack.

—Como ya ha sucedido en otras ocasiones, siento el extraño impulso de escucharte —confesó Jones.

Jack vio la oportunidad de regatear y se abalanzó sobre ella:

—¿Cuántas almas crees que vale mi alma? —preguntó con gesto taimado.

Jones sopesó la cuestión.

—Cien almas. Tres días —fue su respuesta.

Jack esbozó una radiante sonrisa:

—Eres una joya, amigo. Devuélveme al chico. Empezaré cuando antes.

—Me quedo con el chico. Como muestra de buena fe. Ya sólo te faltan noventa y nueve.

—¿Cómo? —preguntó Jack, estupefacto—. ¿Has conocido a Will Turner? Es noble y heroico, un soprano excelente…, vale al menos por cuatro. ¿Y sabes que está enamorado? Se va a casar. Con una joven encantadora. Tú odias esas tonterías.

Jones no estaba dispuesto a dejarse convencer por la palabrería de Jack.

—Me quedo con el chico —le repitió—. Me debes noventa y nueve almas. En tres días. Pero me pregunto, Sparrow… ¿Podrás vivir con esta carga?

Jack Sparrow consideró la cuestión durante un instante.

—Sí —respondió.

—¿Puedes condenar a un hombre inocente, tu amigo, a toda una vida de servidumbre en tu lugar, mientras tú deambulas en libertad? —preguntó Jones.

—No me importa —respondió Jack—. ¿Lo sellamos con sangre? Digo… ¿con tinta?

—Será mejor que no, pero no se lo diremos a nadie. ¿De acuerdo?

—De acuerdo —dijo Jack, aún sonriendo.

Jack se miró la palma de la mano. La Mancha Negra había desaparecido. Cuando volvió a levantar la vista, Davy Jones y su tripulación también habían desaparecido.

Unos instantes después, *El Holandés Errante* se alejaba navegando hacia una tormenta lejana, llevándose a Will a bordo. Jack contempló en silencio cómo el barco desaparecía de su vista. Tenía tres días para conseguir noventa y nueve almas. Sólo podía ir a un sitio: Isla Tortuga.

Capítulo 19

En un rincón de una cantina abarrotada en Tortuga, Jack estaba sentado con los pies encima de la mesa y la brújula en la mano. Gibbs se encargaba de reclutar a las noventa y nueve almas que tanto necesitaba Jack, mientras él bebía de una gran taza y escuchaba. Lo que Gibbs prometía a una fila de marineros esperanzados era un viaje inolvidable a bordo de *La Perla Negra*. Desde luego, por tratarse de Tortuga, todos estaban hundidos y destrozados.

—Tengo malos un brazo y una pierna —explicó un viejo marinero a Gibbs.

—Tú a la cofa —respondió Gibbs.

Tras unas cuantas entrevistas más, Gibbs se acercó a Jack.

—¿Cómo vamos? —pregunto Jack, levantando la vista.

—¿Contando con esos cuatro? —suspiró Gibbs—. Llevamos cuatro —a Gibbs le preocupaba aquella cifra—. A mí no me ha ido mejor —añadió.

—No te prometo nada —dijo Jack, levantando una ceja.

No le gustaban las promesas.

—Será mejor que se te ocurra un nuevo plan, Jack, y será mejor que no tenga nada que ver con esa brújula. Toda la tripulación sabe que desde que te salvaste de la horca no funciona.

Jack frunció el ceño y Gibbs regresó a la corta fila de reclutados.

—¿Cuál es tu historia? —preguntó Gibbs al siguiente marinero.

El hombre estaba borracho y sin afeitar, pero tenía una mirada lúcida.

—Mi historia —respondió el hombre—, es como la tuya, sólo que un capítulo por detrás. Me obsesioné con la idea de atrapar a un famoso pirata..., lo perseguí por los siete mares. Perdí el control. Estaba consumido. La persecución me costó la tripulación, el cargo, la vida.

Gibbs miró al hombre más detenidamente.

—¿Comodoro? —preguntó, cuando de pronto lo reconoció.

Era el comodoro Norrington…, el hombre que había perseguido a Jack y *La Perla Negra* hasta Isla de Muerta, en persona.

—Ya no —dijo el antiguo comodoro. Dio un golpe con la botella—. Bueno, ¿qué pasa? ¿Formo parte de la tripulación, o no?

Gibbs no respondió. Estaba aturdido al ver al elegante comodoro convertido en un rudo caballero de fortuna como él.

El silencio pareció irritar a Norrington.

—Bueno, ¿merezco servir a las órdenes del capitán Jack Sparrow? —bramó. Después se volvió y sacó su pistola—: ¿O quiere que le mate ahora mismo? —preguntó, apuntando a Jack, que estaba en el otro extremo de la habitación intentando escabullirse.

Jack se quedó helado. Rápidamente esbozó una sonrisa forzada:

—¡Estás contratado, amigo!

Norrington levantó el percutor:

—Lo siento —dijo, dispuesto a disparar de todas formas—, son viejas costumbres.

—Tranquilo, soldado —medió un hombre, agarrando a Norrington por el brazo—, ése al que estás amenazando es nuestro capitán.

La pistola se disparó y el hombre se agachó, derribando una mesa. De pronto el nuevo marinero de Jack se levantó y comenzó a dar puñetazos. Algunos piratas, que habían salido a divertirse aquella noche, se unieron a la pelea y empezaron a devolver los puñetazos, lanzando sillas y rompiendo botellas.

—Es hora de marcharse —dijo Jack, haciendo un gesto con la cabeza a Gibbs..

—Bien.

Jack atravesó la pelea esquivando todos los golpes sin hacerse un rasguño. De camino hacia la salida, se inclinó sobre un hombre que había perdido el conocimiento y se probó su sombrero. Demasiado pequeño, decidió, y Gibbs y él se abrieron paso hacia las escaleras traseras de la cantina. «Qué difícil es encontrar un buen sombrero hoy día», pensó para sus adentros, mientras se libraba la pelea.

Jack y Gibbs escaparon sigilosamente, y Norrington se quedó acorralado contra una viga, defendiéndose de la pandilla de borrachos.

—Venga, vamos. ¿Quién quiere probar el acero británico? ¿Tú, tú, tú?

Seguía gritando cuando le rompieron una botella en la cabeza y le dejaron inconsciente.

De pie encima de él, vestida con su ropa de marinero, estaba Elizabeth.

—Sólo quería tener el placer de hacerlo yo en persona —gritó a los piratas—. ¡Ahora vamos a sacar esta basura de aquí y a tomar un trago!

Los piratas bramaron y lanzaron a Norrington a los cerdos que se revolcaban detrás de la cantina. Entonces Elizabeth reconoció al hombre. Y no podía creer lo que estaba viendo.

Capítulo 20

Unos instantes después, Elizabeth corría a arrodillarse junto al antiguo comodoro:

—James Norrington —dijo, apiadándose del pobre hombre—. ¿Qué te ha hecho la vida?

—Nada que no me merezca —respondió Norrington, mientras Elizabeth le ayudaba a levantarse.

Lentamente avanzaron hacia los muelles, donde se dieron de bruces con Jack.

—Capitán Sparrow —dijo Elizabeth.

Jack miró. No la reconoció con su disfraz de marinero.

—¿Vienes para unirte a mi tripulación, muchacho? Muy bien, bienvenido a bordo.

—Vengo a buscar al hombre que amo —declaró Elizabeth.

Jack asintió, sin darse cuenta aún de que estaba hablando con Elizabeth.

—Me siento muy halagado, chico, pero mi primer y único amor es el mar —respondió Jack.

—Me refiero a William Turner, capitán Sparrow —añadió Elizabeth llena de frialdad.

—¿Elizabeth? —dijo Jack, mirándola desconfiado—. ¿Sabes?, esa ropa no te sienta nada bien.

—Jack —insistió Elizabeth, sin perder el hilo—. Sé que Will salió a buscarte. ¿Dónde está?

—Querida, siento mucho tener que decirte esto, pero por una serie de desafortunadas e inesperadas circunstancias que nada tienen que ver conmigo..., el pobre Will fue reclutado a la fuerza en la tripulación de Davy Jones.

—Davy Jones —repitió Elizabeth, que no sabía muy bien si creer al pirata.

—Por favor —se burló Norrington—. ¿El capitán de *El Holandés Errante?* Un barco que transporta desde este mundo al otro a quienes mueren en el mar...

—¡Exacto! —exclamó Jack. Después, al reconocer a Norrington, añadió—: Tienes un aspecto horrible, amigo. ¿Qué haces aquí?

—Tú me has contratado —respondió él—. Yo no tengo la culpa de que seas tan poco exigente.

—Jack —dijo Elizabeth—, lo único que quiero es encontrar a Will.

Jack se tiró de la barba negra y trenzada un instante antes de responder con cuidado:

—¿Estás segura? ¿De verdad que eso es… lo que más quieres?

—Por supuesto —respondió Elizabeth.

De pronto distinguió un brillo en los ojos de Jack.

—Creí… que lo que más querrías sería encontrar un modo de salvar a Will —respondió Jack.

—¿Y tú conoces un modo de hacerlo?

—Bueno… —comenzó Jack—, existe un cofre. Un cofre de tamaño y origen desconocidos.

—¡Y que contiene el corazón de Davy Jones, que aún no ha dejado de latir! —añadió Pintel al pasar, cargando un barril para *La Perla Negra*.

—¡Pom, pom, POM! —añadió Ragetti, golpeándose el pecho con una mano, sonriente.

Ignorando a la ruin pareja, Jack dijo en seguida:

—Y quienquiera que posea ese cofre podrá ordenar a Jones que haga lo que quiera. Incluyendo salvar a nuestro valiente Will de su cruel destino.

—¿Cómo podemos encontrarlo? —preguntó Elizabeth sin rodeos.

No se fiaba de Jack, pero quería encontrar a Will cuanto antes.

Jack colocó la brújula en su mano.

—Con esto. Esta brújula es única.

—¿Única en este contexto significa rota? —preguntó Norrington.

Jack ladeó la cabeza.

—Es cierto, esta brújula no señala el norte —dijo, pero después añadió—: Señala lo que más quieres en este mundo.

Todavía escéptica, Elizabeth preguntó:

—Jack, ¿es cierto lo que dices?

—Hasta la última palabra, preciosa. Lo que más quieres en este mundo es encontrar el cofre de Davy Jones, ¿verdad?

Elizabeth asintió:

—Para salvar a Will.

Jack abrió la brújula en su mano.

—Encontrando el cofre de Davy Jones —dijo,

para recalcarlo. Miró el rumbo que marcaba la brújula y se volvió hacia Gibbs—: ¡Tenemos rumbo! —gritó.

La tripulación de *La Perla* se ponía en camino… por fin.

Capítulo 21

Entretanto, en la cubierta de *El Holandés Errante*, Davy Jones estaba sentado tocando un órgano de coral que parecía haber surgido del moldeado orgánico de la propia cubierta. La melodía era triste y evocadora y, a medida que las notas inundaban el barco, los ojos de Jones se iban empañando. Su mirada se dirigió hacia la imagen de una mujer con pelo ondulante, grabada en el coral encima del enorme teclado. En otras zonas de la cubierta, los miembros de la tripulación trabajaban duro, entre ellos una de sus más recientes incorporaciones, Will Turner. Estaba tirando de una soga cuando, de pronto, se le deslizó entre las manos y una botavara cayó y se estrelló contra la cubierta.

—¡Levantad a ese gorgojo! —gritó el contramaestre. Empuñaba un látigo. Lo hizo restallar contra la palma de su mano—. ¡Cinco latigazos te ayudarán a recordar que no la debes soltar! —dijo, acercándose a Will.

Pero antes de que pudiera dárselos, Bill el Botas alargó la mano y le sujetó la muñeca.

—¡Me impides cumplir con mi deber! —gruñó el contramaestre—. ¡Compartirás el castigo!

—Lo recibiré entero —dijo Bill.

—¿Ah, sí? —preguntó Davy Jones. Dejó de tocar el órgano y observaba la situación atentamente—. ¿Y qué es lo que inspira semejante acto de caridad?

Bill levantó una mano cubierta de percebes y señaló a Will.

—Mi hijo. Ése es mi hijo.

Jones sonrió, mirando la cara de asombro de Will al ver a su padre.

—¡Qué afortunada circunstancia! —exclamó Jones, golpeándose la rodilla—. ¿Quieres librar a tu hijo de la disciplina del contramaestre?

—Sí —respondió el Botas.

—Entregue el látigo al señor Turner. El mayor —ordenó Jones al contramaestre.

Bill el Botas protestó cuando le pusieron el látigo en la mano. Verse obligado a azotar a su propio hijo era el peor castigo que le podían imponer.

—¡Hay que aplicarle el látigo, señor Turner! —rugió Jones. La tripulación estaba acobardada—. Tu prole probará ese castigo, sea en manos del contramaestre… ¡O en las tuyas!

El contramaestre quiso recuperar el látigo, pero el Botas le apartó. Lo levantó contra Will, haciéndolo restallar con su brazo cubierto de percebes.

Más tarde, aquella misma noche, Will se tambaleó hasta la bodega. Bill el Botas le seguía.

—El contramaestre presume de separar la carne del hueso con cada latigazo —explicó el Botas a Will mientras le ayudaba a subirse a un banco.

Will se le quedó mirando. No podía creer que estuviera hablando con su padre, después de tantos años.

—¿Entonces debo entender que lo que hiciste fue un acto de compasión? —preguntó Will a su padre.

El Botas asintió.

—Pues supongo que soy digno hijo de mi padre.

Llevo casi un año repitiéndome a mí mismo que te maté para salvarte —reconoció Will.

—¿Que tú me mataste? —respondió Bill.

—Yo levanté la maldición que pesaba sobre ti sabiendo que significaba tu muerte. Pero, al menos, ya no sufrirías la suerte que Barbosa preparaba para ti.

—¿Quién es Barbosa? —preguntó el Botas, que no entendía nada.

—El capitán Barbosa —dijo Will, preguntándose cómo podía ser que la mente de su padre estuviera tan entumecida como para no recordarlo—. El hombre que dirigió el motín a bordo de *La Perla Negra*. El que te condenó a vivir para siempre en el fondo del océano.

—Ah. Claro —asintió Bill. Se le empañaron los ojos—. Es el obsequio y la mentira que Jones nos concede —dijo al joven Will—. Te unes a su tripulación y crees que te has librado, pero no has hallado el indulto, sino el olvido. Vas perdiendo lo que eras, trozo a trozo, hasta que acabas como el pobre Wyvern, ahí lo tienes.

Will siguió la mirada de su padre y descubrió algo que parecía la imagen tallada de un viejo marinero, cuyo cuerpo formaba parte del casco del barco.

El Botas suspiró.

—Una vez que has prestado juramento en *El Holandés,* ya no puedes abandonarlo. Hasta que has pagado tu deuda. Para entonces, no sólo estás en el barco, sino que perteneces a él. ¿Por qué lo hiciste, Will?

—Yo no he prestado ningún juramento —dijo Will, sin faltar a la verdad.

El rostro de Bill el Botas se iluminó al oír aquella noticia:

—Entonces debes escapar.

—Primero tengo que encontrar esto —dijo Will, mostrando a su padre la imagen de la llave—. Se supone que está en el barco. Jack la quería: ¿será una forma de escapar?

De pronto, el viejo Wyvern se movió, zafándose de la madera del casco:

—¡El cofre del muerto! —gimió, extendiendo los brazos hacia la tela.

Will saltó hacia atrás cuando la criatura de madera, que se había separado del cuerpo del barco, abrió la boca para emitir su lamento. Will se quedó pálido. Sabía que ese mismo destino esperaba a todos los que servían a Davy Jones. Pronto su padre también desaparecería en el casco. Otra alma torturada que pasaría a formar parte del propio barco. Pero las siguientes palabras de Wyvern fueron esperanzadoras para Will.

—Abre el cofre con la llave y apuñala el corazón —chilló el viejo Wyvern, pero luego pareció cambiar de opinión—. ¡No apuñales el corazón! *¡El Holandés* debe tener un corazón vivo o no habrá capitán! ¡Y si no hay capitán, nadie tendrá la llave!

—¿El capitán tiene la llave? —preguntó Will, desconcertado por los delirios de Wyvern.

—Escondida —fue lo único que dijo Wyvern antes de retirarse, volviendo a fundirse con el casco del barco.

Will había obtenido la respuesta… y eso ya era la mitad de lo que necesitaba saber.

Jones tenía la llave.

Will se dirigió a la cubierta.

Capítulo 22

A bordo de *La Perla Negra,* Jack Sparrow encontró a Elizabeth rellenando nombres en las patentes de corso que había quitado a lord Beckett.

—¡Se supone que estas patentes de corso son para mí, ¿no? —Jack se las arrebató inmediatamente.

Jack reconoció la firma de los papeles.

—Lord Cuttler Beckett. ¿Es él quien quiere mi brújula?

—No quiere la brújula, quiere un cofre.

Esa palabra atrajo la atención de Gibbs.

—¿Un cofre? ¿No será el cofre de Davy Jones? Si la Compañía de Comercio de las Indias Orientales tiene el control del cofre, tiene el control del mar —refunfuñó Gibbs.

Elizabeth aguzó el oído: el control del mar. ¡Con razón Beckett estaba tan ansioso por conseguir el cofre! La cuestión no tenía nada que ver con Jack. Volvió a centrarse en el capitán.

—Sí, la idea resulta inquietante —asintió el capitán—. ¿Puedo preguntarte cómo las conseguiste?

—Persuasión —respondió Elizabeth.

Jack levantó una ceja:

—¿Amistosa? —preguntó, con una sonrisa.

—Desde luego que no —le espetó Elizabeth. No tenía tiempo para los juegos de Jack… ni para sus coqueteos.

Jack frunció el ceño y volvió a mirar los documentos.

—Un indulto completo —refunfuñó—. Patente de corso al servicio de Inglaterra y de la Compañía de Comercio de las Indias Orientales. Se creen que pueden comprarme —movió la cabeza y se metió las patentes en el bolsillo de la chaqueta—. No por un precio tan bajo. Vivir una vida así es un destino peor que la muerte…

—Jack —dijo Elizabeth—. Las patentes. Devuélvemelas.

—Tendrás que convencerme —dijo Jack, esbozando una gran sonrisa.

Elizabeth titubeó, pero después dio la espalda al pirata, que no paraba de dar palmaditas en el bolsillo de su chaqueta con aire de suficiencia. Norrington andaba por allí cerca, escuchando. Cuando ella pasó a su lado para salir, no pudo evitar advertir que se le había dibujado una sonrisa en la cara.

—Qué cosa más curiosa —dijo Norrington, alcanzando a Elizabeth—. Antes habría dado cualquier cosa por verte así al pensar en mí. Aunque sólo fuera una vez.

Elizabeth se puso tensa ante aquella insinuación de que podía estar interesada en el capitán Jack:

—No entiendo a qué se refiere —dijo.

—Creo que sí lo entiendes —insistió Norrington.

—No sea ridículo. Confío en él, eso es todo.

—Ah —asintió Norrington. Se dio media vuelta para alejarse, pero antes sugirió a Elizabeth una reflexión.

—Para empezar, ¿nunca te has preguntado cómo acabó tu prometido en *El Holandés Errante?* —preguntó Norrington.

Capítulo 23

En *El Holandés,* Will había subido a la cubierta principal. Algunos miembros de la tripulación jugaban al Mentiroso.

Will se detuvo un momento a observar el juego e intentó seguirlo.

—¡Me apuesto diez años! —exclamó Maccus acaloradamente.

Otro miembro de la tripulación vio los diez años y el juego continuó. Cada hombre dijo el número que llevaba y luego Maccus miró los dados que tenía bajo su cubilete:

—Cuatro cincos —dijo con decisión.

—¡Mentiroso! —gritó otro jugador.

Maccus soltó una maldición al mismo tiempo

que destapaba los dados. El marinero forrado de percebes sólo tenía tres cincos.

—¿Qué se están jugando? —preguntó Will a su padre, que le había seguido.

—Lo único que todos tenemos —suspiró el Botas —, años de servicio.

—¿Se puede retar a cualquier miembro de la tripulación? —preguntó Will a su padre, pensativo.

—Sí —respondió el Botas.

—Quiero retar a Davy Jones —anunció Will.

La tripulación se quedó en silencio y, como por arte de magia, Jones se materializó en la cubierta.

—Acepto —dijo a Will, mirándole cautelosamente—. Pero yo sólo apuesto lo más querido por el corazón de un hombre.

–Me apuesto cien años de servicio —respondió Will.

—¡No! —exclamó su padre.

—¿Contra tu libertad? —preguntó Jones.

—Contra la libertad de mi padre.

Will pensaba que no necesitaba apostar por su propia libertad. Pensaba que ya era libre, puesto que no sospechaba que Jack había estado regateando con su alma.

—Acepto —respondió Jones, sentándose frente a Will. Jones tiró primero, entusiasmado—. Es un hombre desesperado —comentó Jones—. Es el hombre que tiene la esperanza de poder casarse. Pero su destino es estar casado con este barco.

—Mi destino lo elijo yo —respondió Will.

—De ese modo no sería el destino, ¿no? —respondió Jones—. Cinco treses.

Will respiró hondo.

—Cinco seises —dijo.

Jones le miró a los ojos:

—Mentiroso.

Will descubrió sus dados. Para asombro de la tripulación..., ¡tenía cinco seises!

—Bien hecho, señor Turner —dijo Jones, y se levantó para marcharse.

Will había ganado la primera ronda. Su padre era libre. Pero no estaba satisfecho.

—Otra partida —dijo de pronto.

La tripulación dio un respingo.

—No puedes ganar al diablo dos veces, hijo —dijo Jones, advirtiéndole.

Will sonrió con un gesto de complicidad:

—Entonces, ¿por qué se marcha?

La barba de Jones se rizó violentamente. No le gustaba que le provocaran.

—¿Qué nos jugamos? —preguntó Jones, tomando asiento de nuevo.

—Yo me apuesto mi alma —respondió Will—. Una eternidad de servidumbre.

—¿Contra? —preguntó Jones.

—¿Qué dijo que era lo más querido por el corazón de un hombre? —preguntó Will, mostrando la tela—. Quiero esto.

Jones levantó su enorme cabeza:

—¿Cómo conoce la existencia de la llave? —gruñó.

—No estamos jugando todavía, ¿no? —preguntó Will.

Jones frunció el ceño. Uno de sus tentáculos se metió por dentro de su camisa y sacó la llave. Colgaba de una cadena que Jones llevaba al cuello. Era lo que Will quería ver. Ahora sabía dónde estaba escondida la llave, pero intentó ocultar su satisfacción. Golpeó la mesa con el cubilete al mismo tiempo que Jones, pero de pronto otro cubilete más golpeó la mesa.

—Yo también juego —dijo el Botas, mirando a

Jones—. Veo su apuesta, una eternidad a su servicio —y sin esperar a obtener permiso, inició una nueva partida—. Llevo tres doses —dijo, mirando los dados que tenía debajo del cubilete.

—No hagas esto —suplicó Will.

Ahora que su padre entraba en la partida había demasiado en juego. Si Will perdía, tendría que unirse a la tripulación de Jones, pero al mismo tiempo su padre quedaría libre. En cambio, si el Botas perdía, de nuevo permanecería atado al barco, aunque Will quedaría libre.

—La suerte está echada, Will. Su apuesta, capitán —pidió Bill, ignorando las súplicas de su hijo.

Davy Jones inspeccionó sus dados:

—Cuatro treses.

—Cinco treses —dijo Will reticente.

—Siete cincos —añadió Jones.

Will no podía subir más.

—Ocho cincos —dijo, soltando un farol.

Jones sonrió. Sabía que Will mentía.

—Bienvenido a la tripulación, chico.

—Doce cincos —gritó el Botas de pronto. Jones le miró con el ceño fruncido, pero él se mantuvo firme—: Llámame mentiroso, o sube la apuesta.

Jones devolvió la llave al interior de su camisa:

—Bill el Botas, eres un mentiroso, y pasarás una eternidad a mi servicio en este barco. William Turner…, eres libre de desembarcar… en cuanto toquemos tierra —Jones soltó una carcajada y se marchó.

Will estaba furioso:

—¡Idiota! ¿Por qué has hecho eso?

El Botas dejó caer su cabeza cansada y dijo:

—No podía dejar que perdieras.

—No se trataba de ganar o perder —contestó Will con un suspiro.

Bill se le quedó mirando un instante, y de pronto lo comprendió: se trataba de encontrar la llave. Y, al menos, Will lo había conseguido.

Capítulo 24

Más tarde, aquella noche, el buque mercante, el *Edinburgh Trader,* apareció en el horizonte cerca de *El Holandés.* Bill el Botas agarró a Will, se acercó a la barandilla y en silencio le señaló el *Trader.*

—Es tu oportunidad —le susurró Bill.

Will asintió. Sin embargo, antes de poder subir al barco que pasaba, tenía que ocuparse de algo. Se acercó al camarote del capitán y se coló en su interior. Jones estaba dormido, desparramado sobre el órgano. Will se acercó un paso más y, de pronto, el dedo de Jones golpeó una tecla. El sonido retumbó por todo el camarote, pero el capitán, dormido, no se movió. Will contuvo la respiración y se acercó sigilosamente al órgano. Apartando la barba de tentáculos de Jones, llegó hasta la llave. Cuando Will la arrancó de la cadena, un único tentáculo agarró la llave e intentó devolvérsela a Jones. Will bajó la vista hacia la tela que aún sostenía en la mano. La enrolló y rápidamente la colocó en el tentáculo. Satisfecho de sostener algo, el tentáculo soltó la llave y volvió a descansar pacíficamente con la tela en sus garras.

Will salió del camarote y regresó corriendo junto a Bill el Botas.

—¿Sigue ahí? —preguntó, buscando el *Trader* en la oscuridad.

El Botas había preparado un bote para Will:

—Sí, pero el momento se nos va a escapar.

A Will se le partía el corazón de ver que su padre se quedaba atrás. Trepó por la borda de *El Holandés*.

—Ven conmigo —suplicó.

—No puedo. Ahora soy parte del barco, Will. No puedo marcharme. Llévate esto —dijo, entregándole un cuchillo negro que llevaba en el cinturón—. Siempre quise que lo tuvieras tú…

Will sonrió:

—Me encargaré de sacarte de esta cárcel. Te lo prometo.

Will se deslizó al interior del bote y desapareció en las aguas oscuras de la noche.

A la mañana siguiente, apareció un corpulento marinero para relevar a el Botas en la vigilancia. Encontró al viejo pirata dormido y le dio una fuerte patada:

—Levántate, antes de que te vea el capitán.

De pronto, la mirada del marinero se posó en las velas blancas del *Edinburgh Trader.*

—¡Todos a sus puestos! —aulló—. ¡Barco a la vista!

Davy Jones subió a cubierta y miró hacia el mar:

—¿Quién estaba anoche de guardia?

La tripulación empujó a Bill hacia delante.

—¿Cómo es que dejaste que el barco pasara inadvertido, Botas? —preguntó el capitán.

—Le pido perdón, mi capitán. Me quedé dormido. Le pido perdón, no volverá a suceder.

—Traed a su hijo —ordenó Jones.

—No está a bordo, señor —dijo un marinero—. Falta uno de los botes.

Inmediatamente Jones lo comprendió todo. Su mirada se encontró con la de el Botas y vio que el rostro del pirata palidecía. Jones sacó la cadena de su camisa. La llave había desaparecido. Sólo existía una persona lo suficientemente astuta como para andar detrás de aquel plan:

—Jack Sparrow —gritó—. ¡Capitán Jack Sparrow!

Capítulo 25

En el camarote del capitán del *Edinburgh Trader,* Will estaba acurrucado bajo una manta, sujetando con fuerza una bebida caliente. Mientras él intentaba entrar en calor, el capitán Bellamy trataba de comprender lo que estaba sucediendo.

—Qué cosa más rara, encontrarse con un bote tan adentro en alta mar —dijo.

—Será mejor que deje atrás cuantas más leguas mejor, lo más deprisa que pueda —respondió Will. Entonces vio el vestido de novia de Elizabeth, que alguien había arrojado despreocupadamente sobre una silla—. Ese vestido..., ¿de dónde lo ha sacado? —preguntó.

—Es curioso lo de ese vestido —dijo el capitán

Bellamy—. Lo encontramos a bordo del barco. Causó un cierto revuelo entre la tripulación, que creyó que se trataba de un espíritu que nos traía malos augurios. ¡Pero nos trajo buena fortuna! El espíritu nos dijo atracad en Tortuga, y allí obtuvimos buenos beneficios… sin declarar.

Will acarició la tela blanca con los dedos y sonrió.

—Imagino que allí algunos miembros de su tripulación abandonarían el barco.

—Suele pasar —dijo Bellamy, haciendo un gesto vago con la mano.

En aquel momento, un marinero de cubierta entró en el camarote.

—¡Capitán! ¡Hemos avistado un barco!

—¿Su bandera? —preguntó Bellamy.

—No lleva, señor —respondió el marinero.

—Piratas —dijo Bellamy, mirando a Will desconfiadamente.

—O algo peor —exclamó Will corriendo a cubierta. Trepó a la verga y miró al agua—. ¡Es *El Holandés!* —exclamó Will—. Por mi culpa estamos todos condenados.

Apenas había terminado de pronunciar aquellas

palabras cuando el *Edinburgh Trader* se detuvo de pronto.

—¡Que me aspen! —gritó el administrador horrorizado—. ¿Qué ha pasado?

—Hemos debido de chocar contra un arrecife —respondió el intendente. Después de todo, los barcos grandes no se detenían así como así por propia iniciativa.

El capitán Bellamy miró por la borda, intentando averiguar qué era lo que les había detenido. El mar parecía vacío.

—¡Suelten el timón! —ordenó—. ¡Todo a babor, luego a estribor, y vuelta a empezar!

Los marineros obedecieron las órdenes y se dieron la vuelta para recibir más instrucciones. Pero Bellamy había desaparecido. La tripulación miró hacia el mar, donde algo que parecía una figura diminuta estaba rodeado por un enorme tentáculo. Cuando la tripulación observó con más atención…, ¡a nadie le quedó la menor duda de que se trataba del capitán! El tentáculo se elevó muy alto y después lanzó contra el agua al capitán, que no paraba de gritar.

—¡KRAKEN! —exclamó la tripulación aterrada.

Tras llevarse al capitán, el Kraken regresó para tomar el barco. Las patas de la inmensa criatura barrieron la cubierta y destrozaron los botes.

Rodeado de una lluvia de madera y espuma marina, el Kraken partió el barco en dos y lo arrastró a las profundidades.

Cuando todo hubo acabado, quedaban seis hombres arrodillados sobre la cubierta de *El Holandés Errante.*

—¿Dónde está el hijo? —preguntó Jones, inspeccionando la fila de marineros aterrados—. ¿Y dónde está la llave?

—Ni rastro —respondió Maccus—. Se lo habrá tragado el mar.

—¡Yo *soy* el mar! —bramó Jones enfadado—. Al agua —gritó, señalando a los marineros condenados. Ya no le servían de nada.

Mientras los miembros de la tripulación lanzaban a los últimos supervivientes del buque mercante por la borda, Jones paseaba por la cubierta.

—El cofre ya no está seguro —gruñó, porque sabía que el hijo de Bill el Botas tenía la llave y también sabía que Will trabajaba con Jack.—. Desplegaremos todas las velas para aumentar la velocidad. Hay que trazar un rumbo a Isla Cruces.

—Jamás encontrará el cofre —dijo un miembro de la tripulación.

—Conocía la existencia de la llave, ¿no? —gritó Jones, impaciente. No podía arriesgarse a que Jack descubriera dónde estaba su corazón. Tenía que llegar a Isla Cruces antes de que llegaran Will o Jack—. Tengo que llegar el primero. ¡O se irá todo al garete!

Agarrado con fuerza a la popa de *El Holandés*, escuchando todo lo que se decía en cubierta, Will Turner, único superviviente del *Edinburgh Trader*, por fin sabía dónde estaba escondido el cofre. Agachado en la popa, volvió a recuperar la esperanza. Le llevaban directo hacia el cofre… ¡y él tenía la llave en el bolsillo!

Capítulo 26

Mientras Will aprovechaba el viaje a Isla Cruces a bordo de *El Holandés,* Jack se dirigía hacia la misma isla a bordo de *La Perla Negra*. En las manos de Elizabeth, la brújula de Jack por fin marcaba el rumbo adecuado.

Pero Elizabeth no parecía muy contenta.

—Elizabeth, ¿estás bien? ¿Todo en orden? Mi increíble sentido intuitivo de lo que es la criatura femenina me informa de que estás preocupada —dijo Jack educadamente.

Elizabeth lanzó un suspiro:

—Creí que a estas alturas ya estaría casada —respondió.

Jack sonrió agradablemente:

—¡Me encanta el matrimonio! Es como una apuesta para ver quién se desenamora primero.

Elizabeth se apartó de él, pero Jack la siguió.

—¿Sabes?, yo soy el capitán de un barco. Puedo celebrar un matrimonio aquí mismo en la cubierta, en este preciso instante.

—No, gracias —respondió Elizabeth a aquella propuesta tan atropellada.

—¿Por qué no? —preguntó él, sonriendo—. Admítelo, nos parecemos mucho tú y yo. Yo y tú.

—Quitando…, bueno, el sentido de la decencia y el honor —dijo Elizabeth—. Y la base moral. Y la higiene personal.

Jack se miró de arriba abajo.

—¡Nimiedades! —respondió rápidamente—. Vendrás a mí, tarde o temprano. Lo sé.

—Pareces bastante convencido.

Jack asintió.

—Una palabra, querida. Curiosidad. Tú anhelas la libertad. Hacer lo que quieras porque quieres. Actuar por un impulso egoísta. Quieres saber qué se siente. Algún día —dijo, mirándola a los ojos— no podrás resistirlo.

Elizabeth tenía el rostro gélido.

Con un estremecimiento en la voz, respondió:

—Puesto que tú y yo nos parecemos, llegará un momento en que tendrás la oportunidad de demostrarlo… y actuar como es debido.

Jack se animó:

—¡Me encantan esos momentos! ¡Me encanta quedarme sentado viéndolos pasar!

Elizabeth no le hizo caso:

—Tendrás la oportunidad de comportarte como un valiente —le dijo—. Y entonces descubrirás una cosa.

Jack la miró como si fuera incapaz de imaginar qué podía ser esa cosa. Parecía desconcertado, como intentando descubrirlo.

—¡Que eres un buen hombre! —dijo Elizabeth, por fin.

—Todos los indicios demuestran lo contrario —señaló Jack.

—Tengo fe en ti. ¿Sabes por qué? Curiosidad —dijo, muy confiada—. Lo necesitarás. La oportunidad de ser admirado y obtener las recompensas que ello merece. No podrás resistirte.

Jack abrió la boca para responder, pero un fuerte grito le interrumpió:

—¡Tierra a la vista!

Jack corrió hacia la barandilla. Veía la diminuta Isla Cruces en el horizonte. Bajó la mirada hacia las aguas, repentinamente tranquilas. A Jack la isla se le antojaba demasiado lejos.

—Quiero mi tarro —dijo con voz sumisa.

Capitulo 27

El capitán Jack Sparrow estaba sentado en un bote, aferrado a su tarro de tierra como un niño asustado. Sentados ante él iban Elizabeth y Norrington, ambos intentando tomarse en serio algo que consideraban una conducta ridícula del capitán. Pintel y Ragetti remaban, dirigiendo el bote hacia Isla Cruces.

—Remas demasiado deprisa —protestó Pintel a su amigo tuerto.

—Tú remas demasiado despacio —respondió Ragetti—. No querrás que nos coja el Kraken.

Jack se encogió al oír el nombre del monstruo marino.

—Estoy reservando fuerzas para cuando venga

—dijo Pintel—. Y de todas formas no creo que sea «Krak-en». Siempre lo he oído pronunciar «Kray-ken».

Jack volvió a encogerse.

—¿Cómo, con una *a* larga? En el original escandinavo se dice Krok-en —respondió Ragetti, apoyado en los remos—. Así que Krak-en se parece más.

De pronto oyeron un chapoteo en el agua y los dos comenzaron a remar con más fuerza. Ya discutirían más tarde.

Al alcanzar la orilla, Jack se bajó de un salto, aliviado. Se quitó la chaqueta, se palpó el bolsillo para asegurarse de que las patentes de corso seguían allí, las colocó junto con la jarra en la proa del bote y cogió una pala.

—Vigilad el barco. Cuidado con la marea —ordenó a Pintel y Ragetti.

Jack puso la brújula bruscamente en las manos de Elizabeth y comenzaron a avanzar por la playa.

—No esperaba encontrar a nadie aquí —dijo Norrington al llegar a una iglesia abandonada.

—Es que no hay nadie —respondió Elizabeth.

—¿Conoces este lugar? —preguntó, sorprendido.

—He oído historias —dijo Elizabeth, sin detenerse—. La Iglesia llegó a la isla, trayendo la salvación y la enfermedad y la muerte. Dicen que el cura tuvo que enterrar a todos, uno tras otro. Por eso se volvió loco y se ahorcó.

—Mejor loco con el resto del mundo que cuerdo y solo —apuntó Norrington.

Elizabeth se le quedó mirando. Norrington había cambiado mucho desde la primera vez que le había visto. Aquel hombre cínico no era el comodoro que había conocido hacía tiempo.

—Nada de confraternizar con el servicio, querida —dijo Jack, interrumpiendo sus reflexiones.

Elizabeth le miró con el ceño fruncido, bajó la vista hacia la brújula y continuó caminando. De pronto, la aguja comenzó a girar violentamente: ¡Habían encontrado el lugar! Jack dibujó una cruz en la arena con el tacón de la bota y entregó la pala a Norrington.

Al mismo tiempo, en un arrecife cercano a Isla Cruces, *El Holandés Errante* dobló el cabo. A través de su catalejo, Davy Jones vio el bote.

—Están aquí —dijo, con el ceño fruncido, paseando por la cubierta—. ¡Y no puedo volver a poner el pie en tierra en casi diez años!

—¿Confiará en nosotros para actuar por usted? —preguntó Maccus.

—¡Confío en que sepáis lo que os espera si cometéis algún error! —prometió Jones—. Ahora, abajo —ordenó a su tripulación.

Maccus asintió y gritó:

—Abajo, abajo.

La proa de *El Holandés Errante* se sumergió en el mar azul, inundando la cubierta de burbujas. En un instante, todo el barco se hundió y comenzó a moverse bajo las olas tan deprisa como si una inmensa mano invisible lo impulsara hacia abajo. A su lado nadaban los peces a gran velocidad mientras *El Holandés* se dirigía, bajo las olas, hacia Isla Cruces, batiendo el mar que tenía encima hasta formar espuma.

Sentados en la playa, Pintel y Ragetti observaron el mar revuelto y se miraron aterrados. Se levantaron de un salto y abandonaron el bote para correr a avisar a los demás.

Capítulo 28

A Jack se le estaba acabando el tiempo. Él y Elizabeth estaban de pie, nerviosos, junto al hoyo que Norrington había cavado, cuando de pronto la pala golpeó contra algo duro. Dieron un respingo. ¡Habían encontrado el cofre! Jack saltó dentro del hoyo y ayudó a sacarlo. Rápidamente rompió el candado con la pala. Cayó de rodillas y abrió el cofre. Dentro estaban los recuerdos de un amor perdido: un collar de perlas blancas y un largo vestido blanco, flores secas y cartas de amor borrosas. Jack apartó aquellas cosas… y encontró una caja. Sacó la caja del cofre. Estaba sellada con bandas de acero y bien cerrada, pero de su interior salía el sonido de un único y fuerte latido.

—¡Es real! —exclamó Elizabeth.

Norrington estaba asombrado:

—De modo que lo que nos contaste era cierto.

Jack levantó una ceja:

—Lo hago siempre, y la gente aún se sorprende.

—Tiene buenos motivos —dijo una voz.

El grupo se volvió y se encontró con Will Turner. Él se acercó, jadeando, empapado hasta la médula.

Con un grito ahogado, Elizabeth corrió hacia él.

—Will…, ¡estás bien! —dijo, lanzándose a su cuello.

Jack miró detrás de Will, preocupado.

—¿Cómo has llegado hasta aquí? —le preguntó.

—Tortugas marinas, amigo. Con dos de ellas atadas a los pies —dijo Will, citando una leyenda muy conocida que contaba que el propio Jack Sparrow había escapado de una isla a lomos de unas tortugas.

Jack sonrió al escuchar aquel desaire de Will.

—No es tan sencillo, ¿verdad?

—Pero sí que debo agradecerte una cosa, Jack —dijo Will—. Después de que me enviaras engañado a aquel barco, para pagar tu deuda con Jones…

—¿Qué? —dijo Elizabeth, mirando a Jack.

— … volví a encontrarme con mi padre.

Jack tragó saliva:

—De nada.

—Todo lo que me dijiste…, *hasta la última palabra…*, ¿era mentira? —dijo Elizabeth, mirando enfadada a Jack.

—Sí. Para qué disimular, querida —Jack asintió sin pedir disculpas.

Luego, su gesto engreído se desvaneció al ver que Will se arrodillaba junto al cofre. Will tenía la llave en una mano y el cuchillo que su padre le había dado en la otra.

—¿Qué haces? —preguntó Jack.

—Voy a matar a Jones —respondió Will.

De repente, una fría cuchilla apretó el cuello de Will. Era la cuchilla de Jack.

—No puedo permitir que hagas eso, Will —dijo Jack—. Si Jones muere…, ¿quién va a ordenar a su animalito que abandone la caza? Ahora, si me lo permites…, la llave.

Rápido como un rayo, Will apartó de un golpe la espada de Jack, saltó hacia atrás y agarró el alfanje que Elizabeth llevaba desde su viaje a Tortuga.

—Yo cumplo mis promesas —dijo, enfrentándose a Jack—. Pienso liberar a mi padre.

Entonces Norrington desenvainó su espada y la empuñó contra Will:

—Yo tampoco puedo dejar que hagas eso. Lo siento.

Jack miró al antiguo comodoro y sonrió:

—Sabía que al final me cogerías cariño —dijo, encantado con el giro que estaban tomando los acontecimientos.

Norrington apuntó rápidamente a Jack con su espada y reveló sus verdaderas intenciones.

—Lord Beckett quiere el contenido de ese cofre. Si se lo entrego, recuperaré mi vida.

—Ay, el lado oscuro de la ambición —suspiró Jack en tono de reproche.

Al instante, los tres hombres saltaron hacia delante y sus espadas se cruzaron con un ruido de acero.

—Will —dijo Jack apremiante—, no podemos dejar que se lleve el cofre. ¡Confía en mí! —Will sujetaba su espada con fuerza y le miraba lleno de incredulidad—. No puedes desconfiar de mí más de lo que desconfías de él —dijo Jack por fin.

Will reflexionó un instante, después miró a Norrington.

—Tienes un aspecto espantoso —dijo al desaliñado comodoro.

—Lo admito —respondió Norrington—, pero tú sigues siendo un ingenuo. Jack sólo quiere quedarse con Elizabeth.

—Dijo el cazo a la sartén —comentó Jack, resumiendo la situación en pocas palabras.

Los tres hombres saltaron hacia atrás, cruzando de nuevo sus espadas.

—Vigila el cofre —dijo Will a Elizabeth, mientras él, Norrington y Jack libraban una lucha encarnizada.

—¡No! ¡Esto es una salvajada! ¡No es así como resuelven sus asuntos los hombres adultos! —gritó Elizabeth.

Ninguno le prestaba atención.

Desde detrás de las palmeras, Ragetti, que había logrado escapar de la playa, llevaba un rato contemplando la escena.

—Pero bueno, ¿cómo se ha torcido la cosa? —preguntó Pintel, que apareció junto a él y se puso en cuclillas.

Ambos miraban el cofre.

Ragetti suspiró:

—Todos quieren quedarse con el cofre. El señor Norrington, creo, pretende recuperar un poco de su honor, el viejo Jack quiere hacer un trueque para salvar su propio pellejo, y aquí Turner… intenta resolver ciertas cosas pendientes entre él y su padre pirata, dos veces maldito.

—Qué triste —comentó Pintel—. Ese cofre debe de valer lo suyo. Si fuéramos personas decentes, apartaríamos la tentación de su camino.

Los dos piratas se miraron de reojo y comenzaron a arrastrarse hacia el cofre.

Elizabeth seguía intentando detener la feroz pelea de espadas, pero todo era inútil.

Se cayó en la arena fingiendo un desmayo con la esperanza de que los hombres interrumpieran su batalla para ayudarla.

Permaneció quieta todo el tiempo que pudo aguantar, y después abrió los ojos justo a tiempo de ver que Pintel y Ragetti huían hacia la selva llevándose el cofre.

Se levantó de un salto y por un instante dudó entre decírselo a Will y echar a correr detrás del cofre. Miró con los ojos entornados cómo los tres hombres luchaban a lo lejos y decidió adentrarse en la selva detrás de los piratas.

Capítulo 29

La lucha estaba en pleno auge y avanzaba por toda la isla.

Norrington empujó a Will con fuerza y la llave se cayó.

—¡A-já! —aulló Jack, al ver que la llave volaba por los aires y después aterrizaba en su mano. Norrington y Will se quedaron atónitos al ver que Jack echaba a correr por la playa con la llave, pero en seguida se recuperaron y salieron corriendo tras él.

Jack se dirigió hacia la vieja iglesia. Entró corriendo en el campanario, con la llave en la mano, y subió las escaleras de madera. En lo alto, colgado de las vigas, estaba el esqueleto del legendario cura ahorcado. Jack saludó al esqueleto con un gesto de la cabeza y siguió subiendo.

Norrington y Will alcanzaron a Jack rápidamente en las escaleras. Norrington quiso lanzar una estocada contra Jack. Pero Jack se apartó justo a tiempo. El arma silbó al pasar junto a su brazo. Norrington soltó un gruñido y golpeó a Jack con la empuñadura de su espada, cogió la llave y tiró a Jack por las escaleras.

Mientras caía, Jack alargó la mano y agarró la cuerda de la campana que sujetaba el esqueleto del cura. Jack y el esqueleto cayeron al vacío. Pero Will agarró la segunda cuerda y salió disparado hacia arriba mientras Jack caía. Will arrebató la llave a Norrington cuando pasaba junto a él, cerca de la parte más alta de la torre. Cuando Will llegó a lo alto de la torre, la campana de la iglesia se puso a tocar.

Capítulo 30

Abajo, en la playa, una suave ola se formó en la superficie del agua. Las cabezas de la tripulación de Jones surgieron lenta y misteriosamente de las claras aguas azules, y la aterradora banda, rígida, tomó la orilla. Todos se reunieron junto al hoyo recién cavado, que ahora estaba vacío.

De pronto, el sonido de las campanas de la iglesia atrajo la atención de la tripulación hacia la torre, y todos contemplaron cómo Will Turner salía al tejado de la iglesia.

Will intentaba huir… de Jack, de Norrington, y ahora de la tripulación de Jones. Saltó a un hueco del tejado mientras Norrington le lanzaba estocadas. Con la punta de su espada, Norrington arrebató ágilmente la llave a Will. El antiguo comodoro sintió el peso repentino de aquella llave que caía en su mano y después, con igual rapidez, sintió que desaparecía, porque Jack se la arrebataba.

Norrington se volvió furioso y a su vez arrebató a Jack la espada de la mano. Miró por encima del hombro a Will.

—Perdóneme un momento, voy a matar al hombre que me arruinó la vida —dijo, disculpándose.

—Adelante —respondió Will, que al fin pudo relajarse durante un instante.

Jack levantó un dedo:

—Vamos a analizar esa acusación detenidamente, si no le importa, antiguo comodoro.

Will no pudo evitar una sonrisa al ver que una vez más Jack intentaba poner las cosas a su favor.

—¿Quién fue el hombre que, en el momento en que tuvo a un famoso pirata entre rejas y a una bella muñequita camino del altar, encontró apropiado liberar al mencionado pirata y quedarse con su amada? —Jack señaló a Will con la cabeza.

Norrington no permitió que Jack continuara.

—¡Basta! —rugió, blandiendo su espada contra él.

Jack, desarmado, levantó las manos y se deslizó por el tejado gritando. La llave cayó al suelo.

—¡Bonito espectáculo! —exclamó Will, aplaudiendo.

—Por desgracia, señor Turner —dijo Norrington, volviendo su espada contra Will—, él tiene razón.

Norrington odiaba a Jack, pero tampoco le gustaba Will.

Desde abajo, Jack aprovechó la situación para coger la llave y echar a correr.

—¡Sigo de tu parte, amigo! —gritó a Will mientras las espadas seguían chocando.

Jack aflojó el paso y se colgó la llave al cuello. Justo cuando ya creía que estaba a salvo, cayó dentro de una tumba.

Mientras Jack intentaba salir del agujero, Will se subió de un salto a una rueda de molino que estaba sujeta a un lateral de la iglesia.

La vieja rueda crujió bajo su peso. Norrington también se subió de un salto y, con un tremendo estrépito, la rueda se desprendió inesperadamente. Will y Norrington lograron mantener el equilibrio sobre ella.

En el preciso instante en que Jack salía de la tumba, la rueda apareció rodando y le alcanzó. La llave cayó del cuello de Jack y quedó enganchada en un clavo suelto de la superficie de la rueda. ¡Había vuelto a perderla! Lanzó un suspiro y echó a correr detrás de la rueda fugitiva.

Capítulo 31

Entretanto, en el interior de la selva de la pequeña isla, Elizabeth por fin había alcanzado a Pintel y Ragetti.

—Hola, guapa —dijo Pintel, sonriendo, cuando Elizabeth se enfrentó a ellos.

Ragetti y él dejaron el cofre en el suelo y desenvainaron sus espadas. Elizabeth quiso sacar la suya, pero de pronto recordó que Will se la había llevado. Comenzó a retroceder lentamente.

Los dos piratas estaban a punto de atacarla cuando algo surgió de la maleza. Los tres se volvieron para ver la rueda de molino que pasaba rodando, seguida por Jack, que corría detrás con todas sus fuerzas.

Pintel y Ragetti se encogieron de hombros y volvieron a centrarse en Elizabeth. De pronto, un hacha forrada de percebes golpeó contra un árbol junto a la cabeza de Ragetti, emitiendo un sonido reverberante. La tripulación de Jones había llegado.

Pintel y Ragetti dejaron caer sus espadas a los pies de Elizabeth, horrorizados. Agarraron el cofre y echaron a correr. Elizabeth cogió una espada en cada mano y echó a correr detrás de ellos, entre los árboles.

Corriendo con todas sus fuerzas, y aún llevando el cofre, los piratas intentaron pasar cada uno por un lado de un árbol y estrellaron el cofre de lleno contra el tronco. De pronto la tripulación de Jones surgió de la selva. Mirando al tronco, y después a la imponente y espantosa tripulación, Ragetti, Pintel y Elizabeth tomaron una rápida decisión: los tres huyeron a la velocidad del rayo, dejando atrás el cofre.

En otra parte de la isla continuaba una persecución. Jack corría detrás de la rueda, que llevaba la llave, para acceder a lo que contenía el cofre. Tomó velocidad y por primera vez logró correr *junto* a la rueda en lugar de correr *detrás* de ella. Centrándose en la llave, que no paraba de girar, Jack saltó de nuevo sobre la rueda, en un movimiento perfectamente calculado.

Desde aquella posición elevada, Will vio lo que Jack estaba haciendo. Will alargó la mano hacia abajo, cogió la llave del clavo y volvió a lanzarse al interior de la rueda. Norrington le seguía de cerca. Lanzando golpes con la espada contra Will, Jack le arrebató la llave, se subió a lo alto y después saltó a una palmera cercana.

Cuando estaba colgando de la palmera, Jack se dio cuenta de que se acercaba uno de los miembros de la tripulación de Jones… ¡y llevaba el cofre! Jack cogió un coco. Satisfecho con lo que pesaba el coco, lo lanzó contra la cabeza del hombre.

Jack vio cómo la cabeza del muerto viviente salía rodando al ser golpeada por el coco bien lanzado. Se bajó de un salto. No se veía a ningún otro miembro de la tripulación. Con la llave en la mano y casi sin poder creer en la suerte que tenía, se acercó con precaución al cofre.

Respiró hondo. Arrodillado junto al cofre, giró la llave en la cerradura. Abrió unos ojos como platos al ver por fin lo que tanto tiempo llevaba buscando: el corazón de Jones. Se quitó la camisa, metió las manos en el cofre y con ella envolvió bien el corazón. Después miró a su alrededor una vez más, para asegurarse de que nadie le había descubierto, y se puso en marcha.

Jack corrió directamente hacia el bote. Cogió su tarro de la proa. Vació parte de la tierra en la playa, colocó el corazón tapado dentro y volvió a rellenar el tarro con arena.

Entonces escuchó un repentino alboroto y levantó la vista. Del interior de la selva surgieron Pintel, Ragetti y Elizabeth. De nuevo arrastraban el cofre, y los hombres de Jones les seguían de cerca.

Elizabeth se defendía valientemente de la tripulación de Jones, pero sus esfuerzos eran cada vez más inútiles. Estaban a punto de vencerla cuando la enorme rueda irrumpió de entre la maleza.

La rueda atropelló a varios de los hombres de Jones, lo que permitió a Elizabeth alcanzar a Pintel y Ragetti, que arrastraban el cofre por la arena, hacia el bote.

Jack rechinó los dientes. No le hacía gracia que de pronto la playa estuviera tan concurrida. Volvió a guardar su tarro en la proa y levantó un remo preparado para zarpar o luchar.

La enorme rueda avanzó pesadamente hasta la línea de playa y cayó de lado, salpicando. Will y Norrington salieron de su interior, mareados. Norrington se tambaleó hacia el bote y se desplomó sobre su lateral. Levantó la cabeza y vio el tarro de Jack. Metió las manos en la proa.

Jack contuvo la respiración. Observó cómo la mano de Norrington pasaba de largo junto al tarro y se dirigía hacia el bolsillo de su chaqueta. Jack no intentó detenerle. Ya no necesitaba los papeles, ahora que tenía el corazón que controlaba a Davy Jones y el destino de todos los barcos que navegaban por los siete mares.

Mientras Jack pensaba en su buena fortuna, la lucha continuaba en la playa; ahora la tripulación de Sparrow luchaba contra la tripulación de Jones… y Jones parecía llevar ventaja.

De pronto, en medio del caos, Will descubrió el cofre. La llave seguía en la cerradura. Se agachó para abrirlo, pero Jack rápidamente se volvió con un remo en la mano y le golpeó la cabeza. Will se derrumbó sobre la playa, inconsciente. Elizabeth corrió a su lado, miró a su prometido, que estaba tendido en el suelo.

—No podremos salir de ésta —dijo Elizabeth a Norrington al comprender que su situación era desesperada.

—Con el cofre no —respondió él, consciente de lo que tenía que suceder. Rápidamente agarró el cofre y la hizo subir al barco—. No me esperes —gritó, y desapareció de la playa adentrándose en la selva. Los hombres de Jones corrieron tras él.

—Yo voto por respetar su último deseo —dijo Jack rápidamente desde cerca de allí.

—¡Eso! —asintió Pintel, empezando a empujar el bote hacia las olas.

Jack se subió de un salto al bote y agarró su tarro. Tenía el corazón, pero no quería arriesgarse. Abrazado al corazón, con la tierra de Tía Dalma dentro del tarro, estaría a salvo.

—Tenemos que llevarnos a Will —ordenó Elizabeth.

Jack hizo un gesto de impaciencia, pero asintió con la cabeza, y Pintel y Ragetti tiraron de Will para subirlo al bote. Sin añadir una palabra, se pusieron en camino…, dejando atrás a Norrington.

Capítulo 32

Al cabo de unos minutos, la tripulación de Jack, exceptuando a Norrington, estaba de nuevo en la cubierta principal de *La Perla Negra*. Will abrió los ojos muy despacio.

—¿Qué pasó con el cofre? —preguntó aturdido.

—Norrington se lo llevó... para quitárnoslos de encima —respondió Elizabeth.

Gibbs apareció en la cubierta y dio a todos la bienvenida a bordo. Estaba listo para zarpar.

—¡Jack! —dijo—. ¡Hace una hora vimos a *El Holandés* doblar el cabo!

—¡No me digas! —respondió Jack con un gesto confiado.

Gibbs miró a su capitán con una expresión extraña. No tenía tiempo de intentar averiguar lo que estaba sucediendo. Estaban demasiado cerca de un barco peligroso, el barco más peligroso que jamás había surcado los mares.

—¡Todos a cubierta! ¡Vamos a zarpar! ¡Avante a toda vela! —gritó Gibbs.

Mientras la tripulación de *La Perla* luchaba por hacerse a la vela, Jack no sentía ninguna necesidad de apresurarse. Se sentó sobre un barril, con las piernas colgando, acunando su precioso tarro.

—Gibbs, ¿tienes bien la garganta? —preguntó.

—Sí —respondió Gibbs.

Jack asintió:

—¿Tu corazón late con fuerza, tienes el aliento entrecortado, sientes una aguda conciencia de la vulnerabilidad de tu pellejo?

—¡Sí, sí!

—Me temo que padeces una dolencia denominada miedo intenso y sobrecogedor —comentó Jack en tono despreocupado.

—Pero ¿qué te pasa? ¡Tenemos pocas oportunidades, y eso si el viento aguanta! —dijo Gibbs, que no entendía la actitud de Jack.

Tan sólo unas horas antes, él también había estado hecho un manojo de nervios.

Elizabeth se acercó a la barandilla. Por una vez, tenía que estar de acuerdo con Jack:

—No corremos peligro —dijo a Gibbs—. Veo el horizonte vacío en todas las direcciones.

Sin embargo, había hablado demasiado pronto. Contemplaron con horror cómo el océano comenzaba a expulsar burbujas y espuma. De pronto, con un potente chapoteo, *El Holandés Errante* salió disparado del mar. Aterrizó justo al lado de *La Perla*, lanzando una ola por encima de sus cubiertas

—¡Todo a babor! ¡Hay que robarle el viento! ¡A toda vela! —gritó Gibbs con todas sus fuerzas.

Mientras todos trabajaban frenéticamente en sus puestos, Jack se volvió hacia *El Holandés.* Levantando el tarro por encima de su cabeza, lo señaló, asintió, sonrió y saludó amistosamente.

En el timón de *El Holandés Errante,* Davy Jones retrocedió como si le hubieran golpeado.

Comprendió que, seguramente, Jack tenía su corazón.

—Preparen los cañones —dijo Jones a Maccus.

Jack gritó a *El Holandés:*

—¡Aquí! ¡Yu-ju! ¡Parlamento!

Gibbs se colocó junto a Jack.

—¿A qué juegas, Jack?

—¡Chissst! —respondió Jack. Golpeó el tarro—. Tengo el corazón. Aquí —susurró Jack.

—¡Dios bendito! ¿Cómo? —preguntó Gibbs.

Jack sonrió.

—Soy el capitán Jack Sparrow, ¿recuerdas?

Gibbs suspiró al ver cómo se abrían las troneras de los cañones de *El Holandés*. Jack se creía invencible, pero Gibbs era más prudente; tenía que proteger el barco.

—¡Todo a babor! —gritó, centrando su atención de nuevo en el barco—. ¡Deprisa, chicos!

La tripulación de Jack seguía luchando, y *La Perla Negra* viró, dejando a *El Holandés* a popa.

De pronto, *El Holandés* disparó un cañonazo.

—¡Marejada! ¡Hay que buscar el viento! ¡Vamos! —gritó Gibbs, corrigiendo el rumbo.

El Holandés volvió a disparar, pero *La Perla* ya se estaba retirando.

—¡Se está quedando atrás! —animó Elizabeth.

—¡Sí! ¡Viento a favor, ya lo tenemos! —asintió Gibbs orgulloso.

—¿*La Perla Negra* puede dejar atrás a *El Holandés?* —preguntó Will.

—Ese barco no es natural —dijo Gibbs, señalando con la cabeza a *El Holandés Errante*—. Puede navegar contra el viento, meterse en un huracán sin perder velocidad. Así es como atrapa a sus presas. Pero con el viento…

—Le robamos la ventaja —respondió Will, que de pronto lo comprendió.

—Claro —añadió Gibbs—. *La Perla* es el único barco temido por Davy Jones. Tiene sus motivos.

Capítulo 33

Jack sonrió al ver que *La Perla* se alejaba de *El Holandés.* Seguía sujetando con fuerza su tarro.

—¡Si conseguimos correr más que ella, podemos abordarla! —dijo Will, corriendo hacia Jack, que estaba en la cubierta—. ¡Deberíamos darnos media vuelta y pelear!

—O huir como las cobardes comadrejas que somos —respondió Jack, muy animado.

—¡Tienes la única nave que está a la altura de *El Holandés!* En una pelea limpia tendremos alguna oportunidad.

—No es mucho incentivo para mí eso de la pelea limpia, ¿no te parece? —respondió Jack, tamborileando sobre su tarro.

De pronto, *La Perla Negra* dio una sacudida. Los marineros cayeron de bruces, el tarro de Jack se le resbaló de las manos y se hizo añicos, llenando de arena y polvo toda la cubierta. Jack se puso de rodillas y comenzó a escarbar. No había nada más que polvo y arena.

Jack levantó la vista hacia Gibbs y tragó con fuerza.

—Huy. No tengo el corazón.

—Entonces, ¿quién lo tiene? —preguntó Gibbs, mientras *La Perla* gemía y se detenía con una sacudida.

Jack se quedó pálido. No tenía ni el corazón de Jones ni la tierra de Tía Dalma.

Elizabeth miró por encima de la barandilla cuando *La Perla* se detuvo. ¡Creo que hemos chocado contra un arrecife! —gritó.

Will frunció el ceño, porque ya había oído aquellas mismas palabras a bordo del *Edinburgh Trader.*

—¡No! ¡No es un arrecife! ¡Apártate de la barandilla!

—¿Qué es? —preguntó Elizabeth, al ver el terror reflejado en los ojos de Will.

—El Kraken —dijo Gibbs simplemente.

Capitulo 34

Las palabras de Gibbs tuvieron su efecto y la cubierta de *La Perla* se quedó en silencio. El Kraken por fin había encontrado a Jack.

En el suelo del barco, Jack había dejado de rebuscar entre el polvo y la arena. Era inútil. El corazón no estaba allí, y la Mancha Negra había vuelto a aparecer en su mano. Estaba marcado, su situación era desesperada…, no tenía escapatoria.

Jack se dirigió hacia la popa de *La Perla* lo más sigilosamente que le fue posible. Ninguno de los miembros de la tripulación se dio cuenta de que se deslizaba en un bote y, remando, se alejaba de su barco.

El agua que rodeaba a *La Perla* comenzó a agitarse y burbujear, anunciando la llegada del Kraken. Después, la terrible criatura surgió de las profundidades, levantando los tentáculos por encima de la tripulación.

—¡A las armas! —gritó Will—. ¡Defiendan los mástiles! ¡No dejen que se agarre!

Los piratas corrieron a sus puestos, preparándose para el ataque que se avecinaba. Cargaron los cañones y prepararon los mástiles.

Lentamente, los tentáculos del Kraken avanzaron por encima de la barandilla. Pero Will ya sabía que el Kraken atacaría por el lado de estribor, puesto que había tenido un encuentro anterior con la criatura, y los cañones estaban preparados. Tras una firme orden de Will, se dispararon los cañones. El Kraken salió despedido y su cuerpo se retorció de dolor mientras se hundía lejos del barco, destrozando los botes al caer.

—¡Volverá! —gritó Will. Volviéndose hacia Elizabeth añadió—: Sal del barco.

—No hay botes —respondió Elizabeth.

El Kraken los había destruido todos. O al menos casi todos…

Mientras el Kraken se preparaba para atacar otra

vez, Jack luchaba por escapar en su bote a toda velocidad. Sin embargo, algo le impedía romper con todo.

Bajó la mirada hacia su brújula y observó que la aguja marcaba su rumbo; apuntaba en dirección a *La Perla Negra* y su tripulación.

Jack lanzó un suspiro y empezó a remar.

En *La Perla*, la situación parecía indicar que el Kraken iba a ganar aquella batalla. Todo lo que hacían los piratas para detener al monstruo era inútil. Le disparaban, le apuñalaban, le lanzaban redes..., pero la bestia seguía atacando.

Elizabeth estaba de pie en el camarote del capitán, con un arma de fuego entre sus manos temblorosas. Sabía que Jack había desaparecido y se sentía furiosa. ¿Cómo podía marcharse en un momento así? Era a él a quien buscaba el Kraken. Él les había metido en aquel lío. Entonces, unos tentáculos comenzaron a entrar por las ventanas y a moverse hacia ella.

Dejó caer el arma y, dando traspiés, se dirigió a cubierta. Allí se dio de bruces con Jack. Había vuelto.

—Nos queda algo de tiempo. ¡Abandona el barco! —ordenó, ignorando el gesto de sorpresa de Elizabeth.

—¿Qué oportunidades tendremos en un bote? —preguntó Will, acercándose a Jack.

—Muy pocas. Pero podemos dirigirnos a la isla. ¡Podemos escapar mientras ataca a *La Perla!* —lo dijo con una expresión triste en los ojos.

No le quedaba elección. El Kraken regresaría y *La Perla Negra* acabaría hundiéndose. Tenían que huir.

Obedeciendo órdenes, Will, Gibbs y el resto de la tripulación se dirigían hacia el bote. Pero Elizabeth se quedó rezagada.

—Gracias, Jack —dijo con voz suave. Acercándose a él, añadió—: Has vuelto. Siempre supe que eras un buen hombre.

Elizabeth se inclinó hacia delante, besó al pirata y después se retiró lentamente.

CLICK.

Jack miró hacia abajo. Elizabeth le había encadenado al mástil del barco mientras se besaban.

—Viene a por ti, no a por el barco…, ni a por nosotros. No hay otro remedio —le explicó.

—Pirata —dijo Jack, lleno de admiración.

Elizabeth miró por última vez al pirata que tantos problemas le había causado y que había sido el origen de tantas aventuras. Abandonó el barco en seguida y dejó a Jack… esperando. Lentamente, los tentáculos del Kraken reptaban por la cubierta. Con un poderoso rugido, la criatura se alzó ante ellos, con la boca abierta y un aliento letal. Y allí, delante de Jack, entre los dientes del poderoso Kraken, estaba el querido sombrero que Jack había perdido. Jack lo sacó de la boca del monstruo y volvió a colocárselo en la cabeza, el lugar al que pertenecía.

—Hola, bichejo —saludó Jack.

Desde el bote, la tripulación de *La Perla Negra* contemplaba la lucha entre el Kraken y Jack. Poco a poco, todo el barco quedó tapado por la espantosa criatura. Con un fuerte chapoteo, el barco se sumergió bajo las olas arrastrando a Jack.

A bordo de *El Holandés Errante,* Davy Jones sonrió:

—Jack Sparrow —dijo satisfecho—, nuestra cuenta ha quedado saldada.

Pero Jones no era el único que miraba desde *El Holandés.* Bill el Botas también miraba. Cuando Jack se hundió con el barco, Bill abrió unos ojos como platos, asustado. Lo poco que quedaba de su corazón maldito se encogió.

Con los ojos llenos de dolor, miró hacia las tranquilas aguas donde, hasta hacía unos instantes, navegaban Jack y *La Perla*. Recordó a Jack Sparrow, al capitán Jack Sparrow, con el corazón apesadumbrado. En voz baja y lleno de dolor, Bill susurró al mar vacío:

—Si algún hombre podía derrotar al diablo, siempre pensé que serías tú.

La Perla Negra había desaparecido, junto con su capitán. Y el mundo, sin ellos, se veía ya más apagado.